Jormund

Elementarkräfte der Besessenen

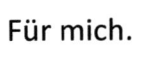
Für mich.

Robin Band

Jormund

Elementarkräfte der Besessenen

Roman

Covergestaltung von Clara Schulze Mönking

Bibliografische Information der
Deutschen Nationalbibliothek:
Die Deutsche Nationalbibliothek verzeichnet diese
Publikation in der Deutschen Nationalbibliografie;
detaillierte bibliografische Daten sind im Internet über
http://dnb.dnb.de abrufbar.

© 2021 Robin Band

Cover-, und Kartengestaltung:
© 2021 Clara Schulze Mönking

Herstellung und Verlag:
BoD – Books on Demand, Norderstedt

ISBN: 9783754314210

Inhaltsverzeichnis

Prolog

Schweigend lehnte der großgewachsene Mann an der Rückwand des alten Holzstalls. Er blickte an seinem ärmellosen schwarzen Oberteil vorbei auf seine schwarze, schlichte Hose und die alten Lederstiefel und zupfte den hellgrauen, einfachen Schal zurecht. Die Enden baumelten auf seinem Rücken knapp über der Hüfte. Er lauschte. Die schnellen Schritte und die Schreie kamen näher. Den Geräuschen nach zu urteilen rannte eine Person weg und wurde von zwei – nein – drei weiteren Leuten verfolgt.

Rael wurde als Besessener bezeichnet. Das bedeutete, er war ein Mensch, der in den Augen der anderen einen unheilvollen Pakt geschlossen hatte. Dies ermöglichte es ihm nicht nur, auf Fähigkeiten zuzugreifen, die anderen Menschen verwehrt blieben, sondern verstärkte alles an seinem Körper. Manche nannten es Magie, doch Rael war überzeugt, dass der Pakt lediglich die menschlichen Kapazitäten erweiterte. Er verbrachte bereits zehn seiner bisher 22 Lebensjahre als Besessener und war stolz darauf. Es musste noch jemand gefunden werden, der seiner Kampfkraft auch nur standhalten konnte.

Die Bewohner der Großstadt Ährenberg waren die aggressivsten in ganz Jormund und dafür bekannt, gewaltigen Hass auf Besessene zu haben. Der Grund war entweder nicht vorhanden oder im Laufe der Jahre verblasst. Genau dort, vor dieser Stadt, lauerte Rael am Rande der Stadt hinter eben jener heruntergekommenen Scheune. Sie musste schon lange leer stehen, denn von Vieh fehlte jede Spur.

Die Schritte waren nun sehr nah und somit auch laut. Rael ließ die Handgelenke kreisen und ein Lächeln huschte über sein Gesicht. Er würde diesen Idioten schon zeigen, was wahre Kräfte bedeuteten!

Eine Frau mit wehendem Haar sauste dicht an ihm vorbei. Sie war kaum mehr als ein roter Schemen, so schnell rannte sie. Die Angst stand ihr ins Gesicht geschrieben.

Nun sprang Rael aus seinem Versteck hervor und erblickte die Verfolger. Drei Männer, wie erwartet. Zwei trugen Schwerter, einer eine Heugabel. Alles nicht gut geschmiedet, das sah Rael auf dem ersten Blick. Als sie den großgewachsenen Besessenen sahen, hielten sie an. Dieser wiederum ließ sich Zeit und schlurfte gemächlich näher. Er nahm wahr, dass die verfolgte Frau ihre Schritte verlangsamte. Mit einer Hand strich er über seine in Stacheln nach hinten gekämmten, mittellangen Haaren, während er die andere ausstreckte. Der Zeigefinger richtete sich auf die Gruppe.

»Was wird das denn? Ihr seid nur ein wütender Mob. Der Kleine da weiß nicht einmal, wie er die Waffe zu halten hat.«, knurrte er, um zu provozieren. Seine tiefe, heisere Stimme ließ den jungen Angreifer mit der Heugabel zusammenzucken.

Die Verfolger senkten bedrohlich ihre Waffen und setzten sich in Bewegung. Der größte in der Gruppe meldete sich zu Wort: »Und du spielst dich auf, weil du denkst, dass wir uns gegen euch nicht wehren könnten? Verfluchtes Monster.«

Ohne eine Antwort zu geben, stürzte Rael vorwärts. Die Enden seines Schals flatterten wild hinter ihm her. Seine Hände umhüllten sich mit dunklem Nebel. Die Adern an seinen Armen traten hervor, färbten sich tiefschwarz. Blitzschnell duckte er sich unter dem vergleichsweise langsamen Schwertschwung hinweg und schlug dann mit voller Wucht mit der schwarzen Handfläche gegen die Brust seines Gegners. Er spürte, wie der Aufprall seines durch den Pakt verstärkten Hiebes sich durch den Oberkörper arbeitete und dann hinten herausbrach. Die Kleidung des Mannes riss am Rücken auf, die Haut platzte auf und Blut spritzte auf seine Kameraden. Der schwache Körper konnte der erzeugten Druckwelle nicht standhalten. Sofort sprintete Rael zum anderen Schwertträger, während der Leichnam rücklings zu Boden fiel. Panisch fuchtelte der Mann mit seinem Schwert herum. Jegliches Training, das er absolviert hatte, wurde durch die Angst im Antlitz des Todes verdrängt. Die Klinge sauste auf Rael nieder, doch er musste nicht einmal ausweichen. Die Handfläche seiner linken Hand blockierte das Schwert mit einem einfachen Gegenhieb. Die Erschütterung der Waffe ließ sie aus dem Griff ihres Besitzers fallen. Machtlos stand der Mann dem Besessenen gegenüber. Es dauerte keine Sekunde, da kollidierte die schwarz umhüllte rechte Handfläche mit der Stirn des Mannes. Abermals krachte es, die Druckwelle wanderte durch den Schädel und brach durch den Knochen am Hinterkopf. Blut schoss heraus. Mit der Rückhand drückte Rael den zu Boden sinkenden Toten beiseite. Ein gellender Schrei war zu hören, als der Jüngling seine Mistgabel fallen ließ und so schnell wie möglich in die Ferne floh.

Rael seufzte, doch machte sich nicht die Mühe, die Verfolgung aufzunehmen. Von dem Jungen ging keine Gefahr aus. Zudem sollte er seinen eigenen Blutrausch zügeln. Die Schwärze um seine Hände verschwand, doch die schwarzen Adern zeichneten sich noch immer deutlich auf seinen Armen ab. Einen Moment lang stand er reglos da, lauschte den sanften Schritten, die sich nun wieder von hinten näherten. Wie erwartet.

»Die hatten keine Chance, was? Danke dir. Ich weiß nicht, ob ich sie hätte abhängen können, aber-«

Die Frau verstummte, als Rael sich zu ihr umdrehte. Seine stacheligen, braunen Haare und seine schiere Größe verliehen ihm ein wildes Aussehen.

Sie wiederum war zwar ebenfalls groß, doch reichte ihm nur bis zur Schulter. Ihre hüftlangen Haare waren feuerrot und ab den Schultern ein wenig gewellt, ansonsten jedoch schnurgerade. Strähnen fielen ihr seitlich über die Stirn und bildeten so einen schiefen Pony. Ein schmutziges, weißes Kleid verlieh ihrem kurvigen Körper eine gewisse Unschuld und ihre Füße streckten in hellen Holzschuhen. Sie hatte spitze, schmale

Augen in blau. Ein wahrhaft interessantes Zusammenspiel der Farben.

»Ist was mit meinen Augen?«, fragte die Frau, als sie seinen prüfenden Blick bemerkte.

»Nichts. Ich habe nur etwas überprüft.«

Sie nickte. Eindeutig begriff sie aber nicht, was er meinte.

»Mein Name ist Jotaka«, stellte sie sich vor.

»Rael«, erwiderte er knapp.

»Du bist ein Besessener, oder?«, fragte sie zögerlich. Raels eigene Augen waren eigentlich dunkelgrün, doch kurz nach dem Gebrauch seiner erweiterten Kraft traten wie an seinen Armen schwarze Adern hervor. Es dauerte immer eine Weile, bis sie verschwanden. Jotaka konnte es unmöglich übersehen haben.

»Und du willst eine von uns werden«, erwiderte er und beantwortete ihre Frage dadurch indirekt positiv.

»Ich habe mich mit der Materie beschäftigt, ja. Irgendwie müssen die Leute mir auf die Schliche gekommen sein.«

Nervös spielte sie mit ihren Haaren, zog sie ein wenig vor ihre Augen.

»Du hättest dir keinen schlechteren Ort für deine Recherche aussuchen können. In keiner anderen Stadt sucht man so verzweifelt nach Besessenen, um sie jede Woche feierlich hinzurichten.«

»Ich weiß. Aber ich habe zu wenig Geld für eine Reise. Aus dieser Armut möchte ich meine Familie retten, indem ich als Besessene das große Geld verdiene!«

Rael sagte nichts. Besessene waren mancherorts zwar als Söldner beliebt, aber ansonsten verachtete man sie stets.

Nach einer kurzen Pause fragte sie: »Wieso hast du mich gerettet?«

Auf diese Frage hatte er gewartet. Dennoch starrte er sie noch weiter finster an, bis sie ihn nur noch eingeschüchtert anblickte. Seine Gesichtszüge hellten sich auf. Ein breites Grinsen aus schiefen, aber gesunden Zähnen kam zum Vorschein.

»Weil ich einen Zufluchtsort für uns Besessene habe. Ich finde es wird Zeit, dass wir uns Größerem widmen als dem Kampf. Die Menschheit kann durch die Pakte so viel profitieren. Arbeit wird zum Beispiel leichter. Wir müssen allen zeigen, dass wir immer noch Menschen und keine Monster sind. Vermutlich weiß ich mehr über die Funktionsweise der menschlichen Verstärkung als die meisten anderen. Ich trage meinen Elementar schon seit zehn Jahren in mir.«

Sie nickte eifrig.

Raels Brustkorb hob und senkte sich schnell. Er biss sich auf die Lippe und verdrehte genervt die Augen.

Jotaka hob verwundert die Augenbrauen.

Genervt erklärte Rael: »Das war mein Elementar. Er … hat irgendeinen Defekt. Normalerweise sind Elementare nur Energieströme, aber meiner hat eine Art von Bewusstsein und beeinflusst meine Atmung hin und wieder. Zum Glück jedoch nur phasenweise. Es kann auch ewig nichts passieren.«

Er schnaufte nochmals, dann beruhigte sich seine Atmung wieder.

Jotaka versuchte es zu unterdrücken, doch fing dann an zu kichern. Rael zog die Augenbrauen hoch und hob abwehrend die Hände.

»Wenn es nach mir ginge, hätte ich lieber den Pakt mit einem normal funktionierenden Elementar geschlossen, glaub mir.«

»Schon in Ordnung«, kicherte sie. Von einem auf den anderen Moment beruhigte sie sich und schob dann peinlich berührt wieder einige Haare vor ihr Gesicht.

»Wie auch immer. Wenn du mir in den Wald folgen willst, kümmere ich mich darum, dass du einen gescheiten Elementar und eine kämpferische Ausbildung bekommst. Ich trainiere dich höchstpersönlich. Wirst du eine von uns und hilfst der Welt zu zeigen, dass Pakte die Menschheit nur vorantreiben können?«

Jotaka strich ihr Haar aus dem Gesicht hinter das Ohr und legte den Kopf schief. Das Sonnenlicht reflektierte sich in ihren Augen. Da ist sie dem Tod nur knapp entkommen, nur um diesem großen, viel zu starken Typen in den Wald zu folgen?

»E-Es tut mir leid, aber ich kann nicht einfach so mitkommen. Danke für die Rettung dennoch!«

Raels Mund klappte nur eine Sekunde auf. Das war so nicht Teil des Plans. Währenddessen machte Jotaka auf dem Absatz kehrt und ging zügig davon.

»Aber du hast doch kein Zuhause mehr!«, rief er ihr hinterher, beschloss aber, ihr nicht zu folgen.

1

Bei einem seiner vielen Streifzüge durch den Wald, der das Dorf mitten im Wald umzäunte, in dem die Besessenen friedlich lebten, erspähte Rael plötzlich einen roten Haarschopf im sonst grün-braunen Gehölz. Die Wahrscheinlichkeit war hoch, dass …

Warmer Sommerwind blies ein paar Blätter durch die Luft und ließ Rael für einen Moment in Gedanken versinken. Dann überkam ihn einer seiner Hustenanfälle und er musste nach Luft ringen. Warum suchten die Anfälle ihn noch immer heim? Dann schüttelte er den Kopf und fokussierte seinen Blick erneut auf die rothaarige Frau. Es musste sie sein, ganz klar.

Er zögerte nicht lange und sprintete mit übermenschlicher Geschwindigkeit los. Der graue Schal, den er nur selten ablegte, flatterte hinter ihm her, während Äste brachen und er seinem Ziel näherkam. Erschrocken hastete sie zur Seite und fiel in einen Haufen matschiger Blätter.

»Du hast mich erschreckt«, beschwerte sich Jotaka, welche sich nun langsam hochkämpfte.

»Und du hast mich überrascht. Ich dachte, du kannst nicht einfach so mitkommen«, erwiderte der Besessene und streckte ihr eine Hand entgegen. Dankend ließ sie sich helfen. Die Blätter waren aber auch glitschig.

Sofort bemerkte Rael tiefe Augenringe unter den nun nur noch mattblauen Augen. Auch ihr schnurgerades Haar hatte seinen Glanz verloren. Außerdem trug sie noch immer dieselben Holzschuhe und dasselbe weiße Kleid, nur dass das Kleid nun allmählich vor lauter Dreck bereits grau wirkte. Es dauerte keinen Augenblick, da verkündete Rael das Ergebnis seiner Beobachtung.

»Du bist nicht zurück nach Ährenberg.«

»Ich konnte nicht. Die Soldaten würden mir den Tod zweier Wachen auch noch in die Schuhe schieben und ich hätte wohl genau jetzt im Scheiterhaufen gebrannt, während alle außer meine Familie jubelten. Der Fürst will das so.«

Rael sagte nichts, was dazu führte, dass sie von allein fortfuhr.

»Nachdem du mich gerettet hast, bin ich in den Wald nahe Ährenbergs. Dort gibt es ein altes Haus – das muss einst eine Art Lager gewesen sein, wo ich mich versteckt hielt. Ich wusste einfach nicht, wohin ich sonst gehen sollte.«

Sie verriet allerdings nicht, dass sie Rael und seinen Elementar nicht mehr aus ihrem Kopf bekam, seitdem er sie eingeladen hatte. Das käme bestimmt komisch rüber.

»Und deshalb hast du kaum gegessen und geschlafen, während du versucht hast, mich zu finden.«

Der große Mann schnaubte belustigt auf.

»Ja, so kann man das beschreiben. Ich hatte nichts zu essen und einfach allein am Straßenrand zu schlafen passt mir auch nicht.«

»Ich verstehe. Wie hast du mich gefunden?«

»Rael … du hast mich gefunden. Schon wieder.«

Er kratzte sich kurz am Kopf.

»Ja schon klar. Ich meinte, woher du wusstest, wohin du gehen musstest.«

»Du hattest erwähnt, dass ihr in einem Wald lebt und außerdem sei es ein „Zufluchtsort“ für Besessene. Ich denke nicht, dass irgendeiner der neun Fürsten ein ganzes Dorf voller Besessener tolerieren würde, so sehr sie einzelne von euch auch tolerieren. Zum Glück habe ich so viel Zeit in der Bibliothek verbracht, sodass ich wusste, wo sich ein Wald befindet, welcher außerhalb jeder Grenze der Provinzen lag.«

»Gute Arbeit, ich bin echt erstaunt. Allerdings ist deine Orientierung wohl nicht so gut wie deine Gabe, Karten zu lesen. Du hättest unser Dorf um etwa einen Kilometer verfehlt, wenn du da lang weitergegangen wärst.«

Er nickte mit dem Kopf in die Richtung, in die Jotaka unterwegs gewesen war. Nervös strich sie sich eine Haarsträhne ins Gesicht und spielte an ihr herum.

»Oh. Dann ist es ja gut, dass du mich gefunden hast.«

Rael lachte auf und klopfte ihr auf die Schulter.

»Ich bringe dich dann mal in das Dorf. Dort kannst du erstmal essen und schlafen. Siehst schlimm aus.«

2

Zufrieden blickte Rael auf die im Bett schlafende Jotaka herab. Sie hatte die Augen geschlossen und war augenblicklich eingeschlafen. Die Verfolgungsjagd und der darauffolgende Aufenthalt im Wald, sowie die pausenlose Reise hatten sie vollends erschöpft. Er selbst lächelte bei dem Gedanken. Sowas erschöpfte ihn schon lange nicht mehr.

»Du hast also wieder jemanden überzeugt, Junge«, lachte Silas hinter ihm. Silas war ein von der See gegerbter, alter Mann, der, nachdem er für den Einsatz als Seefahrer untauglich eingestuft wurde, das Waisenkind Rael aufgezogen hatte. Er war schon etwas älter, doch sein Bart war noch immer so schwarz wie vor 20 Jahren. Außerdem versteckte das buschige Gesichtshaar seine vielen Falten. Vielleicht war das die Entschuldigung der Natur dafür, dass ihm schon lange sein Kopfhaar fehlte. Er war derjenige gewesen, der Rael die Welt der Elementare gezeigt hatte, da er selbst schon lange einen Pakt eingegangen war, um auf hoher See niemals schwächeln zu müssen.

»Denk nur nicht, dass jeder so talentiert ist wie du. Überanstreng das Mädchen nicht«, warnte Silas ihn, doch das wusste Rael bereits.

»Schick sie zu mir, wenn sie aufwacht. Ich bin beim Stumpf.«

Rael schlurfte zur Tür und trat nach draußen. Die kühle Waldluft umhüllte ihn.

»Hallo«, begrüßte ihn eine Frau von der Seite. Er murmelte einen Gruß zurück und spazierte dann weiter durch das belebte Dorf, das gänzlich aus Holz gebaut war. In den vergangenen drei Jahren hatten er und Silas nach und nach Besessene und deren Familien aufgesucht und an diesen Ort gebracht, wo sie in der Freiheit leben konnten, die sie verdienten. Bis zu dem Zeitpunkt, an dem sie der Welt zeigen würden, dass es nur Vorteile brachte, einen Pakt zu schließen. Rael hoffte, dass es ohne einen großen Kampf vonstattengehen würde. Er liebte zwar den Nervenkitzel eines guten Kampfes, doch ein Blutbad würde niemals dazu führen, dass die Menschen die Besessenen akzeptieren und in ihre Gesellschaft mehr integrierten als günstige Söldner. Die Anwendungsmöglichkeiten der Elementare waren grenzenlos.

Nachdem Rael das 300-Einwohner-Dorf „Turva" (Silas hatte den Namen ausgesucht) hinter sich gelassen hatte, ging er tiefer in den nebligen Wald hinein. Das Dorf lag in jenem Waldgebiet, das zu keinem der neun Fürstentümer Jormunds gehörte. Einst war Jormund ein großes Königreich gewesen, reich an Wäldern und mit guten Ernten, aber ebenso brutalen Wintern. Der König starb vor 92 Jahren ohne einen Nachfolger und so entbrannte zwischen den neun Fürsten der einzelnen Provinzen ein Krieg, der viele Opfer forderte und letztendlich die Grenzen der Fürstentümer definierte. Jedes Fürstentum hatte eine große Hauptstadt, Ländereien und ein paar Dörfer. Durch den Krieg waren die meisten Bewohner in die Hauptstädte geflohen, sodass auf dem Land nur noch einzelne Landwirte lebten. Manche der Fürstentümer entledigten sich im gleichen Zug ihrer Fürsten und wurden nun vom Volk verwaltet. Doch der Krieg hatte auch die Natur beeinflusst: Er erweckte die Elementarkräfte der Welt, die nun als unsichtbare Energieströme unterwegs waren. So entstanden die Pakte, welche die Menschen stärken konnten.

In der Abenddämmerung konnte Rael die umherschwirrenden Elementare des Waldes und ihre Kräfte spüren. Diese Elementare waren der Schlüssel, um das volle Potential eines Menschen zu eröffnen. Der Begriff „Besessener" war von den normalen Menschen festgelegt worden. Jemand wie Rael hatte jedoch die volle Kontrolle über seinen Körper und seine Kräfte. Von besessen konnte also nicht die Rede sein. Er hatte nichts anderes getan, als eine neue Rüstung oder eine neue Waffe anzulegen, bloß dass diese Waffe im Inneren seines Körpers saß.

Zufrieden ließ er sich auf dem alten Baumstumpf nieder, zog die Beine an und begab sich so in den Schneidersitz. Der riesenhafte Stumpf war schon hier gewesen, als Rael zum ersten Mal durch den Wald streifte, doch auch damals hatte vom dazugehörigen Baum jede Spur gefehlt.

Dieser Ort im Wald, umhüllt von Nebel, war der einzige Ort, an dem Rael wirklich zur Ruhe kommen konnte. So sehr er das Adrenalin liebte, wenn es durch seinen Körper floss, so schwer tat er sich, einfach mal abzuschalten. Er schlief immer weniger, seitdem er den Pakt geschlossen hatte. Inzwischen genügten ihm einmal wöchentlich vier Stunden Schlaf.

Silas hatte ihm schon oft geraten, doch trotzdem täglich ein paar Stunden zu schlafen, auch wenn es nicht notwendig war. Man gönne seinem Körper so eine Pause. Rael hielt Schlaf für ein reines Mittel zum Zweck. Mehr als nötig war Zeitverschwendung.

Der Baumstumpf mitten im Wald hatte eine wundersame Wirkung auf Rael. Nach jeder Reise suchte er ihn auf und setzte sich für ein paar Stunden auf ihn. Er schlief nicht, sondern versank in seinen Gedanken, lauschte dem Wald oder summte leise vor sich hin. Er machte kein Geheimnis aus seinem Rückzugsort, aber kein Bewohner des Dorfes, dessen zweites Oberhaupt er war, störte ihn, wenn er hier saß. In seltenen Fällen lud er jemanden zu sich ein, wie auch an diesem Tag.

Nach einer etwas längeren Zeit erklang ein zartes »Entschuldigung?« hinter ihm. Rael wurde aus seinen Gedanken gerissen, öffnete die Augen und drehte sich um. Jotaka stand ein paar Meter entfernt und musterte die Umgebung genaustens.

»Es gibt hier keine Raubtiere, keine Sorge«, erklärte Rael und richtete sich auf. Sein Knie knackte kurz.

»Komm doch mal näher, du musst nicht da im Gebüsch stehen. Ich habe die ganze Zeit nachgedacht, welche Art von Elementar für dich am passendsten sein würde. Aber bevor ich dir sage, was ich denke, möchte ich gerne deine Meinung hören. Du behauptest immerhin, dich in die Welt der Elementare eingelesen zu haben. Wie schätzt du dich ein?«

Jotaka stieg über einen Ast am Boden und trat zum Baumstumpf. Da sie nicht sofort eine Antwort auf seine Frage wusste, dachte sie nach und zupfte dabei abermals ihre Haare vor die Augen.

Durch Elementare verstärkte Menschen erhielten abgesehen von einer Erhöhung der körperlichen Geschwindigkeit, Kraft und Ausdauer auch eine besondere Gabe, der ein Element zugeordnet war.

Es gab drei verschiedene Typen von Gaben:

Der **Quellen-Typ** konnte das zugeordnete Element hervortreten lassen. Ein Besessener mit einer Feuer-Quelle konnte beispielsweise seinen Körper zum Teil in Flammen hüllen.

Der **Verstärker-Typ** machte im Alleingang nichts, jedoch konnten bestimmte Muskeln aufgeladen werden, was die unterschiedlichsten Effekte haben konnte. Raels Elementar war ein Wind-Verstärker, der die Hiebe seines Besitzers mit Stoßwellen auflud.

Der **Infusions-Typ** konnte seine Fähigkeit nicht auf sich selbst anwenden, sondern musste sie durch Körperkontakt auf Freund oder Feind einsetzen. Es soll einst eine Alchemistin gegeben haben, welche Menschen durch Berührung heilen konnte.

Nach einem Augenblick verkündete Jotaka siegessicher: »Ein Quellen-Typ!«

»Ne«, meinte Rael trocken. Sie ließ die Schultern hängen. Seine Hand hob ihr Kinn an, sodass sie nun direkt in seine grünen Augen sah.

»Wenn du wirklich eine Quelle haben willst, nur zu. Ich sehe in dir eine Infusion.«

»Wieso das?«

»Mit einer Quelle kannst du zwar alles mit bunten Effekten machen, aber in einem Kampf sieht dein Gegner schon vorher, wie du ihn angreifen möchtest. Dein Arm fängt an zu brennen? Du hast verraten, wie du angreifst. Außerdem ist der Quellen-Typ extrem kräftezehrend. Du erschaffst permanent neue Materie, egal ob du Trinkwasser aus deinem Körper fließen lässt oder deinem Gegner das Gesicht wegbrennst.

Ein Verstärker-Typ erfordert bereits ein hohes Maß an technischem Können, das Einzige, was der Pakt dir nicht schenkt. Wenn du nicht weißt, wie du deinen Gegner mit den Fäusten plattmachst, dann bringt dir der Verstärker auch nichts. Außerdem ist das was für grobe Menschen wie mich.

Mit einem Infusions-Typ kannst du vieles anstellen, gerade wenn du so gerissen bist, wie du wirkst. Du musst zwar näher an dein Ziel herankommen als bei den anderen Elementaren, doch die Vielseitigkeit ist enorm. Je nach Element kannst du Heilen, Zerstören oder Verändern.«

»Verstehe.«

Die Frau wirkte verunsichert. Um sie aus diesem Zustand herauszuholen, fügte Rael hinzu: »Du wärst passend für den Pakt mit einem Eis-Infusions-Typen.«

»Eis? Wieso Eis?«

»In erster Linie, da Eis-Elementare sich eher für die vorsichtigen Leute eignen. Eis hat eine vielfältige Macht, auch wenn du mit der Infusion die defensiven Aspekte nicht nutzen kannst. Außerdem verändern Infusionen deine eigenen Empfindungen. Ein Eis-Typ friert kaum noch, hat eine niedrigere Körpertemperatur und muss daher weniger essen. Eine Feuer-Infusion bewirkt das Gegenteil.«

»Hört sich gut an, denke ich.«

»Ja, es hört sich gut an!«

Jotaka lächelte dankbar.

»Woher bekomme ich den Elementar?«

Rael hob fragend eine Augenbraue.

»Wie du bestimmt weißt, sind Elementare dicht mit der Welt verbunden. Sie sind Strömungen der Welt, gebündelte Kräfte. Willenslos. Namenslos.«

Seine Atmung stockte und beschleunigte sich.

»Verdammter Mist«, knurrte er. Wie er diesen Fehler hasste. Jotaka unterdrückte ein Grinsen, was Rael jedoch sah.

»Du darfst es ruhig lustig finden. Es ist schließlich ziemlich dämlich.«

Doch sie war bereits wieder mit dem ursprünglichen Thema beschäftigt.

»Also müssen wir dorthin, wo viel Eis ist?«

»Das, oder wir warten, bis es Winter wird. Deine Entscheidung.«

»Ich bin bereit!«

Rael griff sie am Handgelenk und stapfte zurück auf Turva zu. Der Ast, über den sie grazil gestiegen war, brach unter seinem Stiefel. Die Frau schloss zu ihm auf und er ließ sie los. Voller Tatendrang richtete er den Blick entschlossen nach vorne. Ein neues Abenteuer. So gefiel es ihm. Lange Pausen frustrierten ihn.

3

»Du hast mir echt keine Zeit zur Vorbereitung gegeben«, beschwerte sich Jotaka, als sie keine Stunde nach ihrem Gespräch im Wald das Dorf verließen. Rael schnaubte bloß kurz. Weshalb sollte man auch nur eine Minute zu viel Zeit verschwenden?

Er trug eine Umhängetasche über einer Schulter. Darin befanden sich zwei Jacken für die beiden, da weder das ärmellose schwarze Oberteil, noch das weiße Kleid besonderen Schutz vor der Kälte boten, die sie erwartete. Außerdem schleppte er zwei schmale, zusammengerollte Matratzen auf dem Rücken.

Nach einer Weile verließen sie schweigend den Wald und begaben sich auf einen breiten Weg aus Schotter. Auf der anderen Seite erstreckte sich eine große Grünfläche, die Gräser wogen sich im lauwarmen Wind unter der Mittagssonne. In Jormund war der Sommer lang, die Temperaturen stiegen und fielen sanft. Der Winter war kurz, aber umso erbarmungsloser. Es gab jedes Jahr erneut Leute, die im Kampf gegen die Kälte ihr Leben ließen. Rael hatte diese Angst schon vor zehn Jahren abgelegt. Sein Körper war eben stärker als der eines Menschen. Jotaka starrte Rael schon eine Weile von unten an, während dieser die Natur beobachtete. Er hatte irgendetwas wildes und geheimnisvolles an sich. Konnte dieser Mann wirklich eine bessere Welt herbeiführen? Ihre Welt hatte er bereits gebessert.

»Was gibt's?«, knurrte er schließlich. Sie wandte ihren Blick für einen Moment ab, bevor sie ihm entschlossen in die Augen blickte. Dem Besessenen entging nicht, dass sie wieder mit ihren Haaren spielte.

»Ich frage mich nur gerade, wieso ich dir vertraue, obwohl ich eigentlich nichts über dich weiß. Du heißt Rael, bist ein Besessener mit einem Wind-Verstärker-Elementar und wohnst im Dorf mitten im Wald.«

Rael sah wieder nach vorne.

»Na hör mal, du weißt mehr über mich als ich über dich weiß. Wie auch immer, wenn du etwas hören willst, dann erzähle ich auch. Im Gegenzug möchte ich etwas über dich erfahren.«

Jotaka nickte, was Rael jedoch nicht sah.

»Ja, gerne.«

Als hätte er nur auf den Startschuss gewartet, legte er los.

»Ich bin ein Waisenkind. Schon immer. Soweit ich weiß, ist mein Vater vor meiner Geburt und meine Mutter bei meiner Geburt gestorben. Ich war zu groß für ihren Körper, hieß es. Doch was kann ich schon dafür? Inzwischen bin ich 2,10m groß. Schlimm, ich weiß.

Ich wuchs im Waisenhaus der Hafenstadt Teldraal auf, bis ich im Alter von sechs Jahren im Hafen saß und der 50-jährige Seemann Silas auf mich zu humpelte. Man hatte ihn soeben suspendiert, da seine Hüfte bei einem Sturz vom Mast schweren Schaden genommen hatte und durch die Heilung seltsam verdreht wurde. Es hieß, er war trotzdem noch gut davongekommen.

Du hast ihn noch gar nicht laufen sehen, oder? Er eiert hin und her, wie ein Betrunkener. Jedenfalls sah ich in dem Moment, in dem er mich sah, eine neue Tür im Leben aufgehen. An jenem Tag führte er mich durch den Hafen, obwohl jeder Schritt schmerzte, und erklärte mir die Funktionsweise der Segelschiffe. Noch am darauffolgenden Tag adoptierte er mich. Das Leben in der alten, nach Fisch stinkenden Hütte war kein Traum, aber Silas ist ein wirklich guter Zeitgenosse und Vater für mich gewesen. Er ist es immer noch. In dem Mann stecken mehr Geschichten als man glaubt.«

Rael machte eine Pause, trat einen etwas größeren Kieselstein davon.

»Vier Jahre später erfuhr ich den wahren Grund, weshalb der Alte den Sturz vom Mast überlebt hatte. Es war keinesfalls Glück, sondern weil sein Körper robuster war, als die der anderen. Er hatte einen Pakt mit einem Wasser-Quellen-Elementar geschlossen. Meine Begeisterung für Elementare war nicht zu stoppen. Jede freie Minute fragte ich ihn aus und wollte alles über diese mir vorher unbekannten Kräfte wissen. Als ich erfuhr, dass Besessene verachtet und teilweise ermordet wurden, entschloss ich mich, gemeinsam mit Silas eine Welt zu schaffen, in der alle leben können, wie sie sein möchten. Einen Pakt zu schließen brachte immerhin schier unbegrenzte Vorteile. Selbst wenn aus meinem Traum nichts wird, so will ich wenigstens den

Grundstein für diese Welt legen. Deshalb rekrutiere ich Leute wie dich. Ich kann das nicht alleine. Wir müssen zeigen, dass wir keine Minderheit sind.«

Die Frau hörte ihm gespannt zu. Die Stille legte sich über die Beiden. Eine Frage brannte ihr noch auf der Zunge.

»Wie kamst du zu deinem eigenen Elementar?«

»An meinem 12. Geburtstag nahm Silas mich mit in eine nahe Schlucht, in der der Wind immerzu heulte. Er zeigte mir, wie man die Elementare sehen konnte, doch bis ich mich entschieden hatte, war es bereits Mitternacht. Der Wind wuchs an, ich konnte kaum noch stehen und da fand ich meinen Elementar. Er ist der Mitternachtswind, deshalb sind seine Effekte auf meinen Körper auch schwarz. Vielleicht verursacht er deshalb auch Atemprobleme. Kurz darauf zogen Silas und ich in den Wald und begannen, unser Dorf zu bauen.«

Jotakas blaue Augen glänzten. Seine Worte verstärkten nur ihre Überzeugung, eine Besessene zu werden. Sie wollte gerade mit ihrer Lebensgeschichte anfangen, da erschien ein Karren mit einem Pferd am Horizont des Steinweges. Rael hob die Hand.

»Gleich kannst du erzählen. Warte, bis der Karren vorbei ist.«

Sie verstummte und richtete den Blick nach vorne. Klappernd kam der Wagen näher, die Hufe des Pferdes schlugen regelmäßig auf. Ein einzelner Mann hielt die Zügel in der Hand, hatte den großen Strohhut jedoch beinahe zu tief ins Gesicht gezogen um etwas zu sehen. Als er Jotaka erblickte, schob er ihn mit der rechten Hand nach oben, um einen besseren Blick auf sie zu erhaschen. Beim Vorbeifahren drehte er seinen Kopf auffällig nach ihr um. Der zornige Blick des Riesen neben ihr ließ ihn schnell wieder auf die Straße vor sich glotzen.

»Idiot«, zischte Rael. Seine Stimme klang heiserer als sonst. Jotaka verzog den Mundwinkel und zuckte mit den Schultern.

»Bring mich auf andere Gedanken, sonst rege ich mich nur zu sehr auf. Erzähl mir von dir, Jotaka.«

»Äh ja, klar. In meinem Leben ist nicht so viel passiert wie in deinem. Ich bin heute 1,74m groß, 19 Jahre alt und mein Haar war schon immer schnurgerade mit einem Übergang in leichte Wellen und feuerrot. Meine Familie lebt am Rand von Ährenberg, der zweitgrößten Stadt Jormunds. Seit eh und je halten wir uns mit täglichen Jobs am Leben. Es ist ein Wunder, dass keines meiner drei Geschwister in den Wintern gestorben ist. Wir suchten immerzu nach einem Ausweg.

Irgendwann schnappte mein Vater beim Putzen in einer Bar auf, dass es anderorts Besessene gäbe, welche als Leibwachen gutes Geld verdienten. Es sei lächerlich, sie überhaupt zu dulden. Wie du weißt, hat Ährenberg eine Null-Toleranz-Grenze gegenüber Besessenen. Tod ist das einzige Mittel gegen sie. In anderen Orten leben sie zum Teil in der Stadt, auch wenn man sie meist abgrenzt. Vater erzählte es mir und der Gedanke des Söldnerdaseins ließ mich nicht mehr los. Vergangenes Jahr entschied ich mich dann dazu, mich darüber zu informieren. Vor kurzem muss der Bibliothekar jemanden gesteckt haben, dass ich viele Bücher über Besessene las. Ich ergriff die Flucht, bevor sie mich ausfragen konnten. Tja, und dann kamst du ins Spiel.«

Rael grinste. Gerne doch.

Vor einiger Zeit hatte sich der Weg gegabelt und Jotaka war dem Besessenen in den Wald hinein gefolgt. Die grünen, sonnenbeschienenen Wiesen blieben zurück. Sie erklommen den Pfad, welcher sie im Slalom immer höher führte. Die Schatten wurden länger, die Waldluft kühler. Jotaka fröstelte ein wenig und rieb sich selbst über die nackten Arme. Rael sah sie verwundert an.

»Jetzt schon? Die Nacht wird noch ein ganzes Stück kühler und hier ist es nun wirklich noch lauwarm.«

Jotaka nickte und lächelte entschuldigend. Rael sprintete plötzlich ein Stück vor, doch bevor sie ihm etwas hinterherrufen konnte, stoppte er abrupt und drehte sich um. Laut hallte seine Stimme durch den Wald.

»Na schön, dann sollten wir hier rasten, bevor du mir weiter oben noch erfrierst!«

Während Jotaka zügig zu ihm eilte, warf er die Matratzenrollen von seinem Rücken scheinbar achtlos in den Wald. Kaum hatte sie ihn erreicht, da sah sie, dass die Rollen nun zwischen zwei großen Fichten lagen. Die Nadeln der Äste gingen fast

nahtlos ineinander über, außerdem bot ein kleiner Fels hangauf-
wärts etwas Schutz vor der kalten Bergluft.

»Sieht doch gut aus, oder nicht?«, meinte er stolz. Fehlte nur
noch, dass er sich selbst auf die Schulter klopfte. Sie zog eine
Grimasse und begab sich zu den Matratzen. Gemeinsam hatten
sie sie schnell ausgerollt und mit einem Abstand von etwa einem
Meter zueinander parallel platziert. Geräuschvoll ließ Rael sich
auf seinem auserkorenen Schlafplatz nieder, schob die Arme
hinter seinen Kopf, warf die Beine übereinander und blickte in
das Nadeldach über ihren Köpfen. Ein ruhiger Moment mitten
in der Natur. Innerlich ärgerte er sich über die verschwendete
Zeit, da sie deutlich schneller mit ihrem Vorhaben fertig sein
konnten, aber er verstand auch, dass die Frau keine Besessene
war und daher nicht so kälteresistent war wie er.

Auch Jotaka ließ sich auf ihre Matratze nieder, blieb jedoch
sitzen und schlug die Beine grazil übereinander.

»Du hättest dir mehr anziehen sollen«, meinte er, ohne seinen
Blick von den Zweigen abzuwenden.

»Und du hättest mir mehr Zeit lassen können, Kleidung an-
zuschaffen. Woher hätte ich denn wissen sollen, dass „ich bin
bereit“ bei dir „jetzt sofort“ heißt? Ich habe nichts anderes, außer dem Kleid, in dem ich vor meinen Mitmenschen geflohen
bin«, maulte sie zurück.

»Entschuldige bitte. Darum kannst du dich kümmern, sobald
wir zurück sind. Hier.«

Sie hatte es gar nicht mitbekommen, dass er mit einer Hand in seine Tasche gelangt hatte und nun eine der beiden Jacken nach ihr warf. Knapp bevor das Kleidungsstück mit ihrem Gesicht kollidierte, fing sie es. Die Jacke war erstaunlich weich und dick. Außen bestand sie aus Fell, innen aus geschmeidigem Leder.

»Gefüllt mit Daunen«, ergänzte Rael grinsend. Dankbar zog Jotaka ihre Jacke an. Sie war bereits warm. Raels Körperwärme. Um den Gedanken zu verdrängen, schüttelte sie den Kopf und konzentrierte sich lieber darauf, wie angenehm die Jacke war.

Die Dunkelheit schlich sich Stück für Stück in den Wald, die ersten Sterne erstrahlten am Himmel. Das Licht drang kaum durch die Nadeln zu den beiden durch.

»Siehst du noch was?«, fragte Rael.

»Kaum noch.«

»Ich sehe noch gut. Ebenfalls ein Vorteil eines Paktes. Willst du etwas essen?«

Kaum hatte sie seine Frage bejaht, landete auch schon eine Scheibe dunkles Brot und ein breiter Streifen Trockenfleisch in ihrem Schoß.

»Streck mal deine Hand aus.«

Sie tat es. Ein kaltes Metallbehältnis wurde ihr in die Hand gedrückt.

»Blaubeersaft«, erklärte Rael, bevor seine Hand den Griff um das Fläschchen löste und sich zurückzog.

Nachdem beide gegessen hatten, übermannte Jotaka allmählich die Müdigkeit. Schnell war sie in der warmen Jacke eingeschlafen. Es war stockfinster, selbst Rael sah nichts mehr (was er allerdings nicht an die große Glocke hängte).

Die Wärme war einer beißenden Kälte gewichen, als Jotaka im noch immer finsteren Wald aufwachte. Sie war noch immer müde, doch ihr ganzer Körper zitterte. Ihre noch immer nackten Beine schmerzten. Die Kälte zog sich bis unter die Jacke. Leise zog sie die Beine an und versuchte wieder zu schlafen, doch die Kälte konnte sie nicht loswerden. Sie zuckte zusammen, als etwas Weiches und Warmes auf ihre Beine fiel, doch dann realisierte sie, dass es sich hierbei um Raels Jacke handelte.

»Danke«, hauchte sie.

Die Sonne wärmte Jotakas Gesicht. Sie strahlte schräg unter den Fichten hindurch und tauchte ihren Schlafplatz in ein helles Orange. Die nächtliche Kälte war längst verschwunden. Sie setzte sich auf, streckte sich und schob Raels Jacke von ihren Beinen herunter. Sie wollte sie gerade ihm zurückgeben, als sie seine Matratze leer vorfand.

»Rael?«, zischte sie. Plötzlich fühlte sie sich verloren hier im Wald, ein Stück abseits eines winzigen Pfades. Wo war er nur hin? Vorsichtig tappte sie vor zum Weg, der nach oben führte und zuckte sofort zusammen, da der Besessene von oben auf sie zu gerannt kam. Das hatte sie nicht erwartet.

Rael hielt direkt vor der Frau und kratzte sich verlegen am Kopf.

»Du hast dir doch nicht etwa Sorgen gemacht? Ich wollte zurück sein, bevor du aufwachst.«

»N-Nein, habe ich nicht. Ich hatte bloß Angst mich zu verlaufen«, erwiderte Jotaka hastig. Sie schob nervös eine Haarsträhne in ihr Gesicht. Was hatte er dort oben gemacht? Bevor sie die Frage stellen konnte, beantwortete er sie selbst.

»Ich brauche kaum Schlaf. Ein paar Stunden in der Woche genügen. Deshalb habe ich letzte Nacht nicht geschlafen. Da mir das wach herumliegen irgendwann auf die Nerven ging, habe ich im Mondschein unseren Weg bereits erkundet. Ist alles ruhig dort oben.«

Jotaka zuckte mit den Schultern, drückte ihm seine Jacke in die Hand und kehrte zum Lager zurück. Sie dachte, er reise mit ihr zusammen. Stattdessen ließ er sie zurück wie überflüssiges Gepäck.

»Auf geht's!«, verkündete Rael keine zehn Minuten später und schnallte sich das Band der zweiten Matratze um. Seine Jacke hatte er wieder in der Tasche verstaut. Jotaka trug ihre Jacke offen, die Sonne war angenehm warm. Schweigend ging sie hinter ihm her, obwohl ihr das Tempo zu schnell war. Eine ganze Weile erklommen sie den mal mehr, mal weniger steilen Pfad. Als Jotakas Beine schon etwas schmerzten, drehte Rael sich um, jedoch nicht, um sich zu vergewissern, ob sie noch da war. Er wusste, dass sie hinter ihm war.

»Warum bleibst du hinter mir? Komm doch neben mich!«

Jotaka hatte befürchtet, dass er fragen würde. Sie hasste es, wenn sie eingestehen musste, dass sie schwach war.

»Alles gut, ich finde es ganz angenehm so«, sagte sie monoton und versuchte dabei nicht angestrengt zu atmen. Rael nickte, drehte sich wieder um und setzte den Weg fort. Langsamer als vorher. Er verstand schnell. Sie schloss zu ihm auf.

»Wieso hast du den Weg alleine erkundet?«

»Langeweile, ganz einfach. Es gibt nur einen Ort, an dem ich lange Zeit stillhalten kann.«

Ein kalter Windstoß sauste um ihre ungeschützten Beine herum. Sie fröstelte.

»Ja, es wird nur noch kälter werden. Lange dauert es nicht mehr, außerdem kannst du zur Not noch meine Jacke haben«, meinte Rael.

»Danke. Aber sag mal, wenn dir fast nie kalt ist, warum trägst du dann einen Schal?«

Jotaka musterte den Schal neugierig. Ein langweiliger, hellgrauer Wollschal. Der Blick ihres Reisepartners wanderte zu Boden.

»Es hat zwei Gründe.«

Eine Pause entstand. Als er nicht weiter erklärte, sondern stattdessen den Blick wieder entschlossen nach vorne richtete, murmelte sie: »Es ist okay, wenn du nicht darüber reden willst.

Ich finde den Schal schön gemacht, auch wenn er nur eine Farbe hat.«

Ein kleines Lächeln erschien auf Raels Gesicht.

Schon bald knirschte der Schnee unter ihren Füßen. Jotakas Beine schmerzten vor Kälte, obwohl sie inzwischen Raels Jacke trug, die bis zu ihren Knien reichte. Mitleidig betrachtete er sie. Immerhin war es hier oben windstill.

»Wir können hierbleiben«, sagte er, nachdem er sich einmal um die eigene Achse gedreht hatte, um die Umgebung zu betrachten. Obwohl sie sich ebenfalls umsah, konnte sie nichts Besonderes erkennen. In den Büchern hatte sie gelesen, dass man Elementare mit dem bloßen Auge nicht sehen konnte. Sie wurden erst sichtbar, wenn sie von unnatürlichem Licht beleuchtet wurden. Konnte Rael sie sehen? Besagter Mann hatte einen großen Stein von Schnee freigeklopft und winkte sie nun zu sich. Elegant setzte sie sich auf den Stein, bereute es jedoch sofort. Eisige Kälte durchdrang ihre Jacke und umschlang ihre ohnehin schon tauben Beine. Sie biss die klappernden Zähne zusammen und verzog das Gesicht. Das würde zu einer Blasenentzündung führen, ganz sicher.

»Huch, schon ganz kühl«, bemerkte auch Rael, bevor er sich neben sie plumpsen ließ. Seine Arme waren unbedeckt und auch sonst war sein Körper alles andere als isoliert.

»S-Siehst d-du d-d-die E-Elementare?«, bibberte Jotaka.

»Nein. Ich spüre ihre Anwesenheit nur.«

Mit diesen Worten zog er aus seiner Umhängetasche eine Fackel heraus. Öl klebte an den Lappen, welche man um den hölzernen Stiel gewickelt hatte. Ihr überreichte er ein Streichholz. Zittrig schwang sie es mehrere Mal über den Stiel der Fackel, bevor sie ihn erwischte. So schnell sie konnte hielt sie die kleine Flamme an die Fackel, welche erstaunlich gut anfing zu brennen.

»Bleib sitzen«, befahl er, während er aufstand und ein wenig umherwanderte. Plötzlich erschien dicht neben ihm ein nebliger, weißlicher Klumpen, der vor sich hin waberte. Es war hell, daher hätte die Fackel eigentlich nichts bringen müssen, aber dennoch erschien er nur in ihrem schwachen Schein. Der Klumpen hatte die Größe von zwei zusammengedrückten Fäusten. Auf Jotaka wirkte es beinahe wie eine Wolke. Ihr Gesicht strahlte vor Begeisterung. Die Kälte war für diesen Moment vergessen.

»Ein Eis-Quell-Elementar«, erklärte der Besessene, »man erkennt ihn daran, dass er kein besonderes Aussehen hat. Einfach nur elementare Masse.«

Inzwischen war die elementare Masse aus dem Fackelschein herausgewabert und hatte sich aufgelöst. Jotakas Mund stand offen. Ein Wölkchen. Das war irgendwie süß.

Mit einem Mal erschienen immer mehr Wölkchen in Raels unmittelbarer Umgebung. Sie waren unterschiedlich groß, anders geformt und bewegten sich unterschiedlich.

»Das ist ungewöhnlich«, meinte Rael knapp. Er klang ein wenig besorgt.

»Was?«

»Elementare sammeln sich gerne um einen Besessenen, aber so gerne auch wieder nicht.«

Nach kurzem Zögern trat er durch die wabernden Elementare dichter zu Jotaka. Hier befanden sich noch mehr von ihnen.

»Echt seltsam«, wiederholte er, schüttelte dann aber den Kopf. Egal. Deshalb waren sie nicht hier. Schnell deutete er auf einen Elementar, über dessen wolkigen Körper kleine, unscheinbare Blitze zuckten und erklärte ihr, dass dies ein Verstärker sei. Kurz darauf zeigte er auf einen Elementar, der einen weißen Stein in seinem Inneren zu tragen schien. Dies war eine Infusion.

Jotaka hatte ihre Fäuste inzwischen an ihre Wangen gepresst und sah den kleinen Wesen bei ihren unkontrollierten Bewegungen zu. Unglaublich, dass in ihnen eine solch gewaltige Kraft steckte. Besonders fasziniert betrachtete sie einen kleinen Elementar mit einem Stein in seinem Inneren, der kaum größer als eine Murmel war. Er vollführte kleine Zick-Zack-Bewegungen, während die Murmel sich im Kreis drehte.

»Den will ich«, flüsterte sie.

»Du musst nicht flüstern«, antwortete der Mann und schnaubte belustigt auf.

»Um den Pakt zu schließen, musst du dich willig zeigen.«

Jotaka hob irritiert eine Augenbraue.

»Nein, so meine ich das nicht! Du musst dich öffnen, dem Elementar hingeben. Zeige ihm, dass er bei dir gut aufgehoben ist«, korrigierte Rael hastig.

»Okay. Und wie?«

»Bleib einfach dort sitzen. Schließe deine Augen und atme tief ein und aus. So entspannst du dich ein wenig.«

Sie folgte seiner Anweisung, auch wenn die Entspannung aufgrund der Kälte in ihrem Körper kaum kommen wollte.

»So. Und jetzt bist du eine Tür.«

»Was?«

»Stell dich als Tür vor. Du stehst offen, bist nicht abgeschlossen. Aus dir kommt ein einladender Kerzenschein.«

Obwohl seine Anweisungen äußerst seltsam waren, stellte sie sich als offene Tür im Kerzenschein vor.

»Gut, gut. Die Elementare spüren das. Sie kommen näher zu dir.«

Der Drang, die Augen zu öffnen, wuchs, doch noch konnte sie ihm widerstehen. Was geschah um sie herum?

»Öffne deine Augen langsam«, erlöste Rael sie von ihrer Neugier. Vor ihr tummelte sich ein Dickicht aus schillernden Wolken. Sie leuchteten jetzt plötzlich.

»Sie leuchten, weil auch sie bereit sind. Entscheide dich für einen, strecke deine Hand aus und umschließe ihn mit deiner Faust.«

Durch das Gedränge sah sie, dass Rael die Fackel im Schnee ausgedrückt hatte und sich in selbigen hingekniet hatte. Es hatte etwas andächtiges, wie er mit seiner rauen Stimme ruhig auf sie einredete.

Nachdem ihr Blick über die selbstleuchtenden Elementare gehuscht war, sah sie wieder den Elementar mit der Murmel. Die zuckenden Bewegungen hatten abgenommen und er waberte bloß ein wenig hin und her. Langsam, als würde sie ihn sonst verschrecken, streckte sie ihre Hand aus. Der Elementar bewegte sich nicht weg, sodass sie ihre Hand langsam um ihn schließen konnte. Es fühlte sich an, als ob sie lediglich Luft ergriff, doch als ihre Hand vollends zur Faust geballt war, verkrampften die Muskeln in ihrem Arm.

»Halte Stand«, sprach der Besessene wie durch eine dicke Schicht Nebel hindurch. Rapide ließ der Schmerz im Arm nach. Jotaka spürte ihre Umgebung deutlicher als zuvor und ihre Müdigkeit verschwand. Ebenso verschwand die Kälte aus ihrem Körper. Nein, sie verschwand nicht, ihr Körper kam nur besser mit ihr zurecht. Die anderen Elementare hörten auf zu leuchten und verblassten allmählich.

»Willkommen bei den Besessenen, Jotaka«, verkündete Rael grinsend. Begeistert sprang die Neu-Besessene auf und rannte zu ihm. Unerwartet fiel sie ihm um den Hals, doch er erwiderte dennoch die Umarmung mit einem Arm. Sie ließ ihn wieder los und strich sich eine Haarsträhne ins Gesicht. Die roten Haare waren ein starker Kontrast zu der eisigen Umgebung.

»Die Jacke ist mir nun zu warm«, meinte sie und streifte die Jacke ab. Rael nahm sie entgegen und zog sie selbst an.

»Ich muss zugeben, dass mir auch allmählich kalt wird.«

Jotaka fühlte sich wohl in der Kälte, es war, als hätte sie nie gelernt zu frieren.

»Und was kann ich jetzt?«, fragte sie begeistert.

»Du müsstest jetzt Eis im Inneren von Gegenständen und Leuten erschaffen können. Wie genau sich deine Fähigkeit auswirkt, müssen wir noch feststellen. Gehen wir dafür am besten wieder ein Stück den Berg hinunter.«

Gesagt, getan. Ungeduldig begleitete Jotaka Rael bis zu ihrem Schlafplatz der letzten Nacht. Dort hielten sie.

»Kann ich jetzt endlich?«

Rael deutete auf einen umgefallenen Baumstamm, welcher auf der anderen Seite des Weges lag. Sie eilte dorthin.

»Bitte den Elementar in Gedanken darum, dir seine Kraft zu leihen. Um es zu beenden, bedanke dich für seine Dienste. Ganz einfach.«

Sie legte beide Hände auf den Baumstamm und bat um die Kraft ihres Infusions-Elementaren. Ihr Körper lud sich mit Energie auf, alles kribbelte ein wenig.

Rael beobachtete sie bei ihrer ersten Nutzung der Fähigkeit aus sicherer Ferne. Er sah, wie ihre Haare sich in Folge der Anwendung von den Spitzen an gleichmäßig weiß färbten. Die Umfärbung stoppte, als sie ihre Hände vom Baumstamm nahm.

»Passiert irgendetwas?«, rief sie ihm zu.

»Hast du dich bedankt?«, rief er zurück. Sie nickte. Zügig ging er zu ihr und schob sie mit der Rückseite seiner Hand weg.

»Lass mich nachschauen. Du kannst dir in der Zwischenzeit mal deine Haare betrachten.«

Während sie mit großen Augen eine Strähne genaustens betrachtete, nutzte auch Rael seine Fähigkeit. Der schwarze Dunst umhüllte seine Hände und blitzschnell schlug er mit der flachen Handfläche mitten auf den Baumstumpf. Die Schockwelle, die er erzeugte, zertrümmerte das Holz vollständig. Zurück blieben nur viele mittelgroße bis kleine Splitter. Raels Hände waren überzogen von schwarzen Adern, die bis in die Unterarme reichten.

Jotaka trat zu ihm und sagte trocken: »Jetzt hast du es kaputt gemacht.«

»Das war der Plan. Aber ich sehe an den Splittern nichts, was auf Eis hinweisen würde.«

»Du hast es ja auch kaputt gemacht.«

Mit gespielter Trauer verschränkte sie ihre Arme.

»Vielleicht wirkt es nicht gegen Holz«, vermutete er, »probiere es an mir aus!«

»Was? Nein?«

»Doch. An meinem Arm. Da ist der Schaden nicht so hoch, falls etwas passiert.«

Sein Tonfall ließ sie darauf schließen, dass er nicht damit rechnete, eine Wirkung zu spüren. Demotiviert legte sie eine Hand auf seinen Oberarm, auf dem sich ebenfalls die schwarzen Adern leicht abbildeten. Erneut wandte sie ihre Fähigkeit an. Innerhalb eines Augenblicks verschwanden die schwarzen Adern an Raels gesamten Körper und er selbst taumelte benommen einen Schritt zurück. Panisch zuckte sie zurück und umschloss die Hand mit der anderen.

Rael schwankte unkontrolliert, konnte sich aber geradeso noch aufrecht halten. Er kämpfte gegen die Wirkung an. Dann hielt er inne, machte einen tiefen Atemzug und richtete sich zu seiner vollen Größe auf.

»Wow, das war ein Erlebnis! Einfach super«, lallte er mit einem dämlichen Grinsen auf dem Gesicht. Jotaka blinzelte zweimal, doch er lächelte noch immer wie jemand, der unter dem Einfluss von Drogen stand.

»Rael?«

»Ja, das bin ich. Ich bin Rael. Toll, oder?«, freute er sich. Verzweifelt schlug sie die Hände über dem Kopf zusammen. Das war nicht Rael, wie er sich vorher verhalten hatte. Konnte sie umkehren, was auch immer sie angestellt hatte? Nachdem sie einen Moment lang überlegt hatte, packte sie ihren lächelnden Begleiter am Arm und zog ihn hinter sich her den Berg herab. Den ganzen Weg lang wandte sie sich nicht um, denn sie schämte sich dafür, was ihre Fähigkeit mit Rael gemacht hatte. Wieso war sie denn auf seinen Vorschlag eingegangen? Weil er sie herausgefordert hat. Er hielt sie für schwach. Selbst schuld.

Kurz bevor sie den Wald verließen und erneut auf den durch die Nachmittagssonne erleuchteten Weg durch das Feld traten, riss Rael sich los.

»Du musst mich nicht hinterherziehen wie ein kleines Kind«, knurrte er. Jotaka drehte sich um und sah in sein düsteres, grimmig dreinblickendes Gesicht.

»Oh, du bist wieder normal. Was ein Glück!«, rief sie. Er bleckte die Zähne.

»Ich kann mich an alles erinnern. Erzähl bloß niemandem davon, sonst verliere ich allen Respekt und damit auch meine Position als Vizeanführer des Dorfes.«

Ein Kichern entwich ihr, doch dann fragte sie: »Was genau macht meine Fähigkeit nun? Kannst du mir das sagen?«

Langsam setzten sie sich wieder in Bewegung.

»Ich denke schon. Du kühlst die Emotionen herunter und frierst das Gehirn ein. Ich war in einem sorglosen Zustand. Selbst mit einer kurzen Berührung konntest du jemanden meines Kalibers außer Gefecht setzen. Bei langer Nutzung könnte das irreparable Folgen haben. Was nicht heißt, dass diese Folgen was Schlechtes sein müssen. Ich fühlte mich glücklich, um ehrlich zu sein. Außerdem hast du die Auswirkungen meines Elementaren an meinem Körper sofort entfernt. Kurzum: Deine Fähigkeit reinigt von Emotionen und sonstigen Beeinflussungen.«

»Klingt nach Gehirnwäsche.«

»Gewissermaßen ja. Aber ich denke, dass dies genau das ist, was manche von den alteingesessenen Leuten in Ährenberg brauchen, um uns zu akzeptieren. Das ist mir immer noch lieber, als ein andauernder Hass wie jetzt oder ein blutiges Gemetzel, in dem viele ihr Leben lassen müssen. Findest du nicht auch?«

Sie nickte vorsichtig.

4

Der Morgen am Tag nach der Ankunft von Jotaka und Rael im Dorf brach an und mit ihm wurden alle Bewohner des Dorfes zusammengetrommelt. Obwohl sie aufgrund der äußerst späten Ankunft nur drei Stunden geschlafen hatte, fühlte sie sich fit für den Tag. Rael hatte sie durch einen Stupser an die Schulter geweckt und erklärt, was nun geschah, war dann aber verschwunden. Vorsichtig schlug sie die dünne Sommer-Bettdecke auf und setzte sich an die Bettkante. Ihre Holzschuhe warteten bereits. Raels Hütte war klein, doch aus stabilem Holz gebaut. Es gab ein Wohn- und Esszimmer mit rundem Tisch, vier Stühlen, zwei Sesseln und einem Kamin und zwei Schlafzimmer, welche ebenfalls nur mit dem Nötigsten ausgestattet waren. Dennoch gefiel ihr das helle Rotbraun des Holzes. Außerdem waren die federgefüllten Matratzen äußerst bequem. Fast schon eine Schande, jetzt weniger schlafen zu müssen.

Sie strich ihr Kleid glatt und dachte sich, dass sie dringend andere Kleidung und ein Nachthemd brauchte. Gerade, als sie gehen wollte, blieb ihr Blick an einem Spiegel hängen. Der Wandspiegel war zwar nicht breit, doch sie konnte optimal ihren Körper von Haaransatz bis zur Taille sehen. Wohl kaum ein Zufall, dass er so optimal hing, oder? Des Weiteren lag ein hölzerner Kamm bereit, den sie dankbar nahm und die nächtlichen Knoten aus ihrem Haar kämmte. Um zerzaustes Haar musste sie sich glücklicherweise nicht kümmern, dafür waren ihre Haare von Natur aus zu ordentlich. Neugierig ging sie sehr nah an den Spiegel, griff eine Strähne des roten Haares und hielt es direkt an die Scheibe. Die äußersten Spitzen waren kaum erkennbar weiß. Für einen Moment war sie versucht, ihre Fähigkeit einzusetzen, nur damit sie sehen konnte, wie die Farbe umschlug. Nein, das konnte bis später warten. Ab zur Versammlung.

Gemütlich tappte sie aus ihrem Zimmer, schob die schlosslose Tür hinter sich zu, durchquerte das Wohnzimmer und öffnete die massive Holztür. Das Morgenlicht der Sonne knallte ihr sofort ins Gesicht. Unbeholfen schirmte sie die Augen mit der linken Hand ab, während die Tür wieder ins Schloss fiel.

Nachdem sie sich umgeschaut hatte, entdeckte sie das besonders breite Haus. Es war nicht höher als die anderen Häuser, aber hatte ein Vielfaches an deren Länge und Breite. Dort lebte also Silas, das Oberhaupt des Dorfes? Von überall kamen vereinzelt kleine Gruppen angelaufen, welche sich alle auf das Haus zubewegten. Vorsichtig mischte auch Jotaka sich unter die Leute. Vor dem Versammlungsort drängten sich die Leute, sodass sie wie von einem Sog gepackt wurde und sich plötzlich im Inneren befand. Das ganze Haus war ein einziger großer Raum, in dessen Mitte eine lange Tafel stand, welche jedoch nicht mit Stühlen bestückt war. Im hinteren Teil befand sich ein großer Kamin und daneben führte eine Tür in einen verschlossenen Raum. Sie vermutete Silas' Schlafzimmer hinter dieser Tür.

Alle Anwesenden sammelten sich um den Tisch, jeder fand einen Platz, an dem er nah beim Geschehen stehen konnte. Von der Menge herumgeschoben fand Jotaka sich schnell nahe einem Kopfende, aber noch immer an der Längsseite wieder. Schnell drückte sie sich durch die Menge hindurch, erreichte den Tisch und stemmte die Hände darauf. Suchend blickte sie sich um.

Rael stand am anderen Kopfende. Durch seine Größe war er kaum zu übersehen. Er hatte sich heruntergebeugt und war in ein angeregtes Gespräch mit Silas vertieft. Dieser hatte sich mittig am Kopfende platziert, sodass er alle Anwesenden sehen konnte. Er strich sich mehrmals über den Bart, bevor er antwortete.

Unmittelbar danach drehte er sich wieder zum Tisch, stemmte beide Hände, etwa so wie Jotaka es tat, darauf und schwieg. Mit erstaunlicher Geschwindigkeit ebbte das Gemurmel im Raum ab. Stille trat ein. Irgendjemand hustete. Silas erhob die Stimme.

»Willkommen, liebe Bewohner von Turva.

Ich weiß, für unser monatliches Treffen ist es eigentlich noch zu früh, aber dennoch freue ich mich, dass fast alle hier sind. Bevor wir zum eigentlichen Grund unseres Treffens kommen, möchte ich unsere neuen Bewohner bekanntmachen.«

Er deutete auf verschiedene Personen in der Runde.

»Tash, ein Besessener mit einem Ladungs-Quell-Elementar. Er fand seinen eigenen Weg zu uns und wir sind froh, dass er es geschafft hat.

Meria, bislang ohne Pakt, wurde von unserem lieben Leos aufgesammelt. Sie interessierte sich schon eine Weile für Elementare.

Jotaka-«

Alle Blicke folgten dem Finger des Anführers und richteten sich somit auf die Rothaarige. Rael nickte ihr zu. Sollte das aufmunternd wirken?

»… wurde durch Rael vor dem Tod gerettet und schloss kürzlich einen Pakt mit einer Eis-Infusion.

Wir hoffen, dass ihr drei euch gut einlebt. Willkommen.«

Silas machte eine Pause, damit alle applaudieren konnten. Ein paar unbekannte Stimmen in Jotakas Nähe hießen sie Willkommen. Sie war nervös.

»Kommen wir also zu unseren Planungen. Bei Essen, Kleidung und Werkzeugen haben wir jeweils einen Überschuss, daher könnt ihr gerne auch mal langsamer arbeiten.«

Lachen ging durch die Runde.

»Bauarbeiten laufen perfekt nach Plan, sodass die Lager- und Wohnkapazitäten unseres Dorfes immer weiter steigen. Gute Arbeit. Bevor ihr euch nun weiter wundert, weshalb ich euch verfrüht zu unserer Versammlung gerufen habe, kommen wir zum Punkt. Hierfür gebe ich das Wort an meinen Stellvertreter ab.«

Jotaka war bloß ein wenig überrascht, als die vertraute, heisere Stimme erklang.

»Danke, Silas. Wir sind heute alle hier, da es dort draußen in der Welt immer besser aussieht. Dadurch, dass immer mehr der verdeckt lebenden Besessenen ihre Tarnung aufgegeben haben und entweder offen leben oder zu uns stoßen, steigt auch die Toleranz der meisten Menschen. Das „Fremde" an uns verschwindet, wenn wir ihnen als Leibwachen, Schmiede oder andere Handwerker mit höchster Effizienz unter die Arme greifen. Doch dieser Prozess ist zu langsam. Wir können nicht länger stillsitzen und hoffen. Unser Leben einfach nur Vorbeiziehen lassen. Wir sollten überall hinreisen, offen in den Städten um Gehör bitten und den Menschen zeigen, was wir wirklich sind. Wir sind keine Monster, wir sind genau wie sie, nur besser. Sie können das auch, aber keiner wird gezwungen. Unser Ziel ist es, dass eine Gesellschaft entsteht, in der jeder sein kann, wie er sein möchte, oder etwa nicht? Ob Flussstein, Regensheim, Zarweg oder Treuburg, wir werden den Menschen in diesen Städten zeigen, dass sie uns nicht fürchten oder hassen müssen.«

Begeisterter Beifall erklang, in den Jotaka lächelnd einstieg. Silas ergriff erneut das Wort.

»Unser Plan sieht folgendermaßen aus: Ihr werdet Teams zu je zwei Leuten bilden, mit denen ihr dann in eine der Städte zieht, um dort vor den Menschen zu sprechen, um ihnen uns Besessene näherzubringen. Natürlich bleibt ein großer Teil von euch hier. Unter anderem ich. Eine Ausnahmeregel gibt es:

Ährenberg wird nicht besucht. Die Gefahr, dort in eine blutige Auseinandersetzung verwickelt zu werden, ist zu hoch. In allen anderen Städten oder deren Umgebung leben bereits enttarnte Besessene, doch nicht dort. Bitte bildet eure Gruppen bis heute Abend und meldet euch dann bei mir. Ich teile euch dann eine Stadt zu, die ihr ab morgen besuchen sollt. Vielen Dank und euch allen viel Erfolg.«

Der alte Mann trat einen Schritt von Tisch zurück, um zu signalisieren, dass die Versammlung hiermit aufgelöst war.

Während alle um sie herum wieder einen Strom bildeten und zur Tür herausflossen, blieb Jotaka stehen. Rael wechselte noch ein paar Worte mit seinem Ziehvater, bevor er zu ihr schlurfte.

»Wird langsam voll hier drin bei den Versammlungen, was?«, meinte er.

»Du bist Vize-Chef?«, entgegnete sie.

»Hat er doch gesagt. Tut's was zur Sache?«

Bevor sie antworten konnte, redete er weiter.

»Was hältst du davon, wenn wir beide eines der Teams gründen würden? Ich will unbedingt in eine Stadt reisen und brauche dafür noch einen Partner.«

Schnell wischte sie sich eine Strähne ins Gesicht.

»Ich? Aber ich bin doch unerfahren! Als Stellvertreter kennst du doch bestimmt jede Menge Leute, die mit dir umherreisen würden…«

»Wie du meinst.«

Rael drehte sich um und machte einen Schritt in Richtung Tür. Wie er es erwartet hatte, packte sie ihn am Arm. Dabei flog die Strähne, die sie immer bei Nervosität ins Gesicht strich, zurück an ihren Platz.

Er grinste wissend über seine Schulter.

»D-Du wusstest, wie ich reagiere, oder?«

Er grinste bloß weiter.

Gemeinsam gingen sie zu Silas, welcher nun seine Schultern erschöpft hängen ließ.

»Du bist dir sicher, Rael?«, murmelte er, kaum, dass sie bei ihm waren. Dann erhöhte er die Lautstärke.

»Da ihr die ersten seid, habt ihr die freie Wahl.«

Der Alte tippte wiederholt auf die Karte, welche auf dem Tisch lag. Auf ihr waren lauter Nadeln in die einzelnen Städte gesteckt. Bloß Ährenberg hatte keine.

»Lass uns nach Teldraal gehen, Rael. Dann kommst du zurück in deine Heimat!«, rief Jotaka und deutete mit ihrem Zeigefinger auf eine Nadel auf der Karte, welche die Stadt am Meer kennzeichnete.

Ihr entging Silas' missbilligendes Zucken mit dem Auge nicht.

»Da möchte ich nicht hin«, sagte Rael trocken. Entschuldigend zog sie den Kopf ein.

»M-Meine Heimat Ährenberg ist ebenfalls gestrichen. Dann lass uns doch nach Regensheim gehen. Das liegt an einem See. Außerdem ist die Provinz demokratisch.«

Silas verharrte einen Moment, doch als Rael ihm zunickte, zog er die Nadel aus der Stadt heraus und legte sie neben die Karte. Dann notierte er die Namen der beiden neben der Stadt.

»Ich gehe in den Wald. Ungestört«, meinte Rael plötzlich und rief ihnen noch einen Abschiedsgruß zu, bevor die Tür des Hauses ins Schloss fiel.

Nach einer kurzen Pause stammelte Jotaka: »Ich habe etwas falsch gemacht, oder?«

Silas wandte sich ihr zu.

»Wie viel weißt du über ihn?«

Kurz fasste sie zusammen, was er ihr auf dem Weg zum Berg erzählt hatte: Waisenkind, Hafen, das Treffen mit Silas, sein Elementar, sein Ziel und der Schal, über den er nicht reden wollte. Der alte Mann kratzte sich am Bart.

»Das ist immerhin mehr, als er den meisten erzählt. Dass er ein Waisenkind ist und sein Ziel sind wohl bekannt, aber er redet nicht gerne über seine Vergangenheit.«

»Immerhin?«, fragte sie.

»Er hat vieles ausgelassen und das meiste hängt auf die eine oder andere Weise mit dem Schal zusammen. Ich werde es dir nicht sagen, er muss es schon selbst tun. Aber was mir bereits aufgefallen ist, ist, dass er dir bereits jetzt nähersteht, als allen anderen Bewohnern des Dorfes. Außer mir natürlich. Er hat auch nie jemanden länger als eine Nacht in seinem Haus schlafen lassen. Dass er dich noch nicht in das Gasthaus gesteckt hat, heißt, dass du als erste doppelt dort übernachtest. Außerdem hat er dich als seinen Partner für die Mission ausgesucht. Der alte Rael wäre trotz Vorschrift allein losgezogen. Lass dir gesagt sein, dass der Kerl etwas in dir sieht.«

Wärmende Röte stieg ihr ins Gesicht. Waren ihre Wangen bereits so rot wie ihr Haar?

»D-D-Du m-meinst e-er steht auf-«

»Nein«, unterbrach er ihr Stottern, »er kennt keine Liebe. Auch das hat seinen Grund. Er sieht etwas anderes in dir. Er denkt, dass du die Besessenen weiterbringen kannst. Dass deine Fähigkeit ein Schlüsselfragment für sein Ziel ist. Erst nachdem er davon wusste, hat er um die Versammlung gebeten. Ich vertraue ihm, daher bestellte ich euch alle her. Er hat dich nicht belogen, bloß einige Sachen ausgelassen. Wenn die Zeit kommt, wird er dir mehr erzählen, da bin ich mir sicher.«

Die Worte blieben ihr noch eine Weile im Kopf, während sie nach dem Gespräch durch das Dorf schlenderte. Silas hatte ihr noch einige Münzen für neue Kleidung in die Hand gedrückt, bevor sie gegangen war. Schnell hatte sie den Schneider gefunden, welcher für Frauenkleidung zuständig war.

Rael saß in der Stille des Waldes auf seinem Baumstumpf. Seine Gedanken kreisten um die anstehende Mission und deren Beitrag zu seinem ultimativen Ziel. Mit Jotaka hatte er endlich jemanden gefunden, der eine Fähigkeit besaß, welche helfen konnte, selbst die größten Besessenen-Hasser zu neutralisieren, ohne alle anderen durch blutige Taten in Angst und Schrecken zu versetzen. Die nächste Mission würde herausstellen, ob die Welt für den Frieden bereit war oder nicht. Raels eigener Pfad war klar. Als ob er je eine Wahl gehabt hätte.

Es dämmerte bereits, als er die schwere Tür zu seinem Heim aufstieß und eintrat. Ein beißender Geruch ließ ihn husten. Am flackernden Kamin stand Jotaka und stocherte leise fluchend mit einem Stock im Feuer. Sie trug nun ein enganliegendes, schwarzes Top und darüber einen kurzen, semitransparenten Poncho in Weiß. Ihre Beine waren durch eine schwarze Haremshose verdeckt und ihre Füße steckten in roten Lederstiefeln, welche die Farbe ihrer Haare nur knapp verfehlten.

»Ziemlich schwarz«, kommentierte Rael ihr Outfit. Es erinnerte ihn an seines. Erschrocken wirbelte sie herum und richtete sich auf.

»Ich habe das Brot nicht absichtlich ins Feuer geworfen!«, rief sie. Dann entdeckte sie seinen Blick.

»Ach so, du meinst mein Outfit. Ja, ich fand es passend, da meine Haare schon so herausstechen, da muss ich nicht herumlaufen wie ein bunter Flickenteppich. Außerdem sind die Holzschuhe bei längeren Reisen echt unangenehm. Für die Nacht habe ich auch was gekauft. Warte, ich hole es!«

Bevor sie in ihr Zimmer verschwinden konnte, hielt er sie an der Schulter zurück und sie zuckte zusammen.

»Was war mit dem Brot? Riecht es deshalb hier so?«, fragte Rael und hob eine Augenbraue. Die Neu-Besessene grinste bloß entschuldigend. Gemeinsam gingen sie zum Kamin. Jotaka hatte mehrere Stöcke knapp über das Feuer gehängt, um die Stockbrot gewickelt war. An manchen hingen auch Würstchen. Zwei der insgesamt acht Stöcke waren leer und unter ihnen schmorte verkohltes Brot.

»Ach so«, sagte Rael in einem undefinierbaren Tonfall.

»Wie schon gesagt, es war keine-«

Noch bevor sie zu Ende reden konnte, war er mit seiner Hand ins Feuer getaucht und hatte beide Brocken herausgefischt. Sie dampften und glühten. Vor lauter Sprachlosigkeit sah Jotaka bloß zu, wie er zur Tür rannte und sich nach draußen begab. Sofort kam er wieder hinein. Die Hand, in der er eben noch das Brot gehalten hatte, presste er an sein Bein.

»So, jetzt stinkt es hoffentlich weniger.«

»Du hast dich verbrannt, oder?«

Sie hielt kichernd eine Hand vor den Mund und erhielt bloß ein Schnauben als Antwort.

Ein paar Minuten später saßen sie sich gegenüber am Tisch und aßen das Stockbrot, welches sich nicht in die Flammen begeben hatte. Missmutig musterte Rael seine Handfläche. Die Haut war gerötet und pochte unangenehm.

»Sagte ich doch. Ist es schlimm?«

»Ne. Nur echt unangenehm. Manchmal überschätze ich meine Kräfte. Bin trotz allem nur ein Mensch, dessen muss ich mir klar sein. Danke übrigens für das Essen.«

Schweigend mampften sie einen Moment lang, bis Jotaka das Wort ergriff.

»Du hattest vorhin mein Outfit kommentiert. Gefällt es dir denn?«

Er überlegte einen Moment lang und sagte dann: »Ja. Sieht deutlich bequemer aus. Bei so einem kurzen Kleid muss man doch immer gut darauf achten, wie man sich bewegt, habe ich recht?«

Völlig perplex nickte sie ihm zu und meinte, ein belustigtes Schnauben zu hören.

»Wirst du diese Nacht schlafen?«, fragte Jotaka und legte den letzten, leeren Stock ab.

»Ich schlafe kaum.«

»Schon klar, aber selbst vor so einer wichtigen Mission nicht?«

»Ich sagte nicht, dass ich nicht schlafen werde«, meinte er, zog eine Grimasse und stand auf, um alle Stöcke in eine Ecke des Raums zu legen. Als er sich wieder zu ihr umdrehte, lag seine Stirn in Falten.

»Der Alte hat doch hoffentlich nichts ausgeplaudert, oder?«

»Nein. Er sagte, dass es deine Aufgabe sei, mir mitzuteilen, was du für wichtig hältst. Außerdem erwähnte er, dass du in mir was Besonderes siehst. Das „Schlüsselfragment" zu deinem Ziel.«

Sein Blick wanderte zu Boden, ehe er leise sagte: »Bilde dir nichts drauf ein. Ich denke zwar, dass deine Fähigkeit von großer Hilfe sein kann, aber ich weiß auch, dass nicht immer alles so einfach funktioniert, wie man es sich wünscht.«

Schweigend blickte auch sie zu Boden. Sie glaubte nach wie vor nicht, dass Rael so gefühlslos war, wie er immer tat. Er platzierte sich vor dem Kamin, richtete den Blick auf die Flammen. Eigentlich war das Feuer zu warm, da es draußen selbst in der Nacht noch lauwarm war. Als Jotaka aufstand, um sich neben ihn auf den Boden zu setzen, rechnete sie damit, dass er sie verscheuchen würde. Doch er sagte nichts. Sie platzierte sich im Schneidersitz und legte ihre Hände locker in ihren Schoß.

»Falls ich irgendwann durchdrehe, musst du mich aufhalten. Leg mich dann mit deiner Fähigkeit lahm. Bitte«, hauchte er plötzlich. Seine Stimme war durch das Knistern des Feuers kaum zu hören. Jotaka legte ihre Stirn in Falten.

»W-Was redest du da?«

»Ich habe nicht vor, dass es so weit kommt, aber ich habe Angst vor meinem eigenen Zorn. Wenn ich durchdrehen sollte, könnte ich das Ziel der Besessenen, nämlich die Akzeptanz, ruinieren.«

Nach einer Pause, in der er seine Lippen mit der Zunge benetzte, fügte er hinzu: »Den Grund kennst du nicht, das ist auch besser so.«

5

Gegen Mittag des nächsten Tages waren Rael und Jotaka schon weit gekommen. Sie bewegten sich fast mit doppeltem Tempo als bei ihrer letzten Reise. Erstaunlich, wie viel einfacher ihr diese Geschwindigkeit fiel, seitdem sie den Pakt geschlossen hatte. Zwar hatte er Jotaka nach nur vier Stunden Schlaf geweckt, doch sie fühlte sich so fit wie schon lange nicht mehr. Erneut hatte er ihr kaum Zeit für sich gelassen, sodass sie erst auf dem Weg durch das Dorf etwas zu essen erworben hatten.

Rael trug wieder die Matratzen auf dem Rücken, jedoch wippte die Umhängetasche nun gegen Jotakas Hüfte. Zuerst hatte sie sich über sein Tempo beschweren wollen, doch sie stellte dann schnell fest, dass es auch für sie kein Problem darstellte.

Jotaka brannte seit der vergangenen Nacht die Neugier nach Raels Vergangenheit auf der Zunge. Welches entscheidende Detail verschwieg er? Warum mied er Teldraal? Welchen Zorn meinte er? Immer wieder erinnerte sie sich an Silas' Worte, dass Rael schon erzählen würde, wenn die richtige Zeit gekommen war.

Das Wetter war angenehm und die beiden kamen rasch voran, sodass sie bereits in der Abenddämmerung die Lichter der drittgrößten Stadt Jormunds, Regensheim, am Horizont erkennen konnten. Sie befanden sich auf einem leicht bewaldeten Hügel, als Rael stehenblieb und Jotaka ebenfalls unsanft mit seiner Hand stoppte. Sie merkte erst, dass sie erschöpft war, nachdem ihr Körper anfing zur Ruhe zu kommen.

»Morgen betreten wir die Stadt«, sagte Rael nachdenklich. Er schien eher mit sich selbst zu sprechen.

»Der Schein trügt, da wir uns auf einem Hügel befinden. Die Lichter Regensheims sind noch etwa dreieinhalb Stunden von hier entfernt. Alles dort unten ist Ackerfläche.«

Er deutete auf das Tal, das zwischen ihnen und der Stadt lag. Endlich konnte Jotaka sicher sein, dass er mit ihr redete. Ihr Blick folgte Raels Finger und für einen Moment standen sie schweigend da und betrachteten den roten Lichtschein, der aus der Stadt drang. Der Besessene drehte sich zu ihr um, stemmte die Hände in die Hüften und meinte dann: »Silas hat mir mal erzählt, dass die Felder nicht nur wirtschaftlich der Stadt ein Nutzen sind. Früher, als die Menschen noch Krieg gegeneinander geführt haben, jede Provinz gegeneinander, war Regensheim ein Ort der Defensive, den viele Zivilisten aufsuchten. Angreifer konnte man lange im Voraus erkennen, da die Felder kaum Deckung boten.«

Jotaka ließ sich mit einem Seufzer in die Hocke fallen.

»Das wusste ich. Mir ist bekannt, dass es in den Provinzkriegen um die genauen Grenzen zwischen den Gebieten der Städte ging. Nur nach einigem Blutvergießen wurde schließlich ein Friedensvertrag ausgehandelt. Ährenberg machte die größten

Gebietsverluste hierbei, da die anderen sich schon während des Krieges verbündet hatten.«

»Klar, schließlich ist Ährenberg noch immer die größte Stadt und zusätzlich die Stadt, in der einst der König wohnte «, fügte er hinzu, bevor er die gerollten Matratzen von seinem Rücken streifte und sie ein paar Meter abseits des Weges unter einen Baum warf. Gemeinsam schlurften sie ihnen hinterher und errichteten ihr Lager.

Geräuschvoll ließ Rael sich auf seine Matratze fallen.

»Tut doch gut, auch mal zu sitzen. Komm zu mir und bring die Tasche mit!«

Jotaka hielt in ihrer Absicht, sich auf ihren eigenen Schlafplatz zu setzen, inne und begab sich schnell neben Rael. Dieser griff an ihrem Bauch vorbei in die Tasche, stieß ihren kurzen Poncho ein wenig zur Seite und zog zwei belegte Brote und eine gerollte Karte hervor. Sie zuckte überrascht durch die plötzliche Nähe zusammen. Automatisch und noch immer wie gelähmt griff sie eines der Brote, als er es vor sie hielt. Dann rollte er die Karte auf allen vier Beinen aus. Sein Finger fuhr über ein paar rote Linien.

»Das sind die Grenzen der Fürstentümer. Und hier …«

Er tippte doppelt auf eine kleine Fläche zwischen den Linien. Sie war von allen Provinzen getrennt.

»… liegt unser kleines Dorf. Perfekt neutral. Keiner muss sich von uns in seinem Gebiet gestört fühlen.«

Jotaka knusperte aufmerksam ihr Brot und erwartete, noch mehr über Jormund zu erfahren. Doch Rael rollte die Karte ohne ein weiteres Wort wieder zusammen. Er lehnte sich wieder über Jotaka zur Tasche und steckte die Karte geschickt zurück. Im Austausch holte er wieder die metallenen Fläschchen hervor.

Sie stießen auf einen erfolgreichen nächsten Tag an, bevor sie auf ihre eigene Matratze kletterte, sich hinlegte, die Haremshose glattstrich und die allmählich erscheinenden Sterne beobachtete.

»Rael, glaubst du eigentlich an Schicksal? Daran, dass bestimmte Dinge bereits lange feststehen?«, durchbrach ihre Stimme die Stille. Sie überraschte sich selbst, wie sentimental sie klang.

Ein belustigtes Schnauben erklang.

»Schicksal ist Blödsinn. Wenn man sich allem so hingibt, wie es kommt, dann kann man natürlich nichts ändern. Nur wenn man seine Ziele verfolgt, welche Hindernisse auch den Weg versperren, kann man was erreichen. Ich lasse mich nicht von irgendeinem ausgedachten Schicksal einschränken!«

Ein Rascheln deutete an, dass er sich ebenfalls hinlegte. Das Schweigen trat erneut ein.

»Du bist ja bereits 22 – älter als ich. Hast du dich in deinem Leben jemals zu jemandem hingezogen gefühlt? Abgesehen von Silas natürlich.«

Er rutschte unruhig hin und her, schien abzuwägen, ob er antworten sollte.

»Ja. Aber diese Person lebt schon lange nicht mehr.«

»Tut mir leid.«

»Muss es nicht. Das ist mein Schmerz, ganz allein. Beantwortete du lieber die Frage auch selbst.«

Er klang so ungewohnt traurig und gebrochen, dass Jotaka hätte weinen können. Sie zwang sich, über ihre Vergangenheit nachzudenken.

»Das ist jetzt dämlich, aber ich habe mich ein wenig in einen Schulkameraden verschossen, als ich 12 war. Ich habe es ihm aber nie gesagt. Andersherum haben mir bis zum heutigen Tag fünf Kerle ihre Gefühle gestanden, aber die waren alle so gar nicht meins.«

»Was ist denn „deins"?«

»Also, äh, meins ist … keine Ahnung.«

»Wie fühlt es sich an, verliebt zu sein? Verschossen, wie du es genannt hast.«

Die Frage überraschte Jotaka. Hatte Rael nicht eben noch behauptet, es habe einst jemanden in seinem Leben gegeben?

»D-Das ist auch schwer zu beantworten. Man fühlt es. Irgendwo tief drinnen. Man möchte viel Zeit mit der anderen Person verbringen und freut sich über deren Anwesenheit. Man denkt kaum noch an etwas anderes.«

»Hm.«

„Was hm?", hätte sie am liebsten geschrien, doch stattdessen blieb sie leise. Die Sterne leuchteten hell am wolkenlosen Himmel. Die Luft war noch immer mild. Ihre Atmung beruhigte sich. Irgendwann döste Jotaka ein, fand jedoch in der ganzen Nacht nicht in den Tiefschlaf.

Bereits die ersten Sonnenstrahlen weckten sie mit ihrer Wärme. Sie streckte ihre Beine, dann setzte sie sich auf und wiederholte die Prozedur mit ihren Armen. Müde war sie trotz des leichten Schlafes nicht.

»Guten Morgen«, flötete sie zu Rael hinüber, welcher auf seinem Platz hockte und den Blick gesenkt hatte. Mit einer Hand hatte er den Schal gegriffen und hielt ihn vor sein Gesicht, mit dem anderen Handrücken strich er über den simplen Stoff. Sein Kopf zuckte hoch, als er sich aus seiner Trance riss. Für einen Moment starrte er durch sie hindurch, bevor seine Augen einen Fokus fanden.

»Guten Morgen«, erwiderte er und rang sich ein Lächeln ab.

Es dauerte nicht lange, da hatten die beiden etwas gegessen, das Lager abgebaut und waren mitsamt Gepäck hinunter durch das Tal gelaufen. Die hohen Mauern der Stadt bauten sich immer näher vor ihnen auf. Menschen traten aus der Stadt, begaben sich zu all den Feldern, an denen ihr Weg vorbeigeführt hatte. Nur wenige traten wieder ein, wurden aber trotzdem von zwei großen Kerlen in Kettenhemden kontrolliert. Rael wurde langsamer.

»Denk immer dran: Wir kommen in friedlicher Absicht. Wir müssen Stress vermeiden«, sprach er, bezog es aber auf sich selbst.

»Ich weiß«, sagte Jotaka trotzdem, um zu signalisieren, dass sie zuhörte.

»Wir schauen uns zunächst ein wenig um, bevor wir um die Mittagszeit rum, wenn die Leute Pause machen, auf dem Festplatz der Stadt eine Rede halten.«

»Aber …«

»Keine Sorge, ich habe die Reden gemeinsam mit Silas geschrieben und er hat sie den anderen schriftlich übergeben. Ich hingegen kenne den Text auswendig. Du musst also nichts sagen, solange ich dich nicht dazu auffordere.«

»Okay. Um was geht es in der Rede?«

»Um ein Friedensangebot. Um die Möglichkeit, uns näher kennenzulernen.«

Er schwieg für einen Moment, bevor er hinzufügte: »Ich sage es dir nochmal. Bitte wirke deine Kraft auf mich, wenn ich drohe, meine Kontrolle zu verlieren. Versprochen?«

Sie nickte. Die beiden Wachleute vor dem Regensheimer Tor hatten sie bereits entdeckt und mit den Blicken fixiert. Der größere der Wachen hob die Hand, damit sie stehen blieben.

»Ihr seid nicht von hier. Kommt ihr privat oder geschäftlich in unsere Stadt? Führt ihr Waffen mit euch?«, fragte er routiniert.

»Privat«, erwiderte Rael, »die einzige Waffe, die wir mit uns tragen, ist ein kurzes Messer zum Schneiden von Lebensmitteln.«

Der Wächter nickte und machte ihnen Platz.

Jotaka bestaunte die dicken Mauern der Stadt, als sie unter dem Torbogen hindurchgingen. Er erinnerte fast schon an einen Tunnel, so dick war die Wand. Innerhalb der Stadt herrschte ein reges Treiben. Menschen gingen zügig hin und her, Kinder rannten auf den schmalen, gewundenen Straßen, welche durch die gesamte Stadt führten, und man hörte immer wieder die lauten Stimmen von Händlern. Die Häuser waren aus einem rötlichen Stein gefertigt und zusätzlich mit schweren Holzbalken gestürzt. Während Jotaka Raels breitem Rücken durch die Menschen hinterherging, stellte sie fest: »Sie haben uns gar nicht kontrolliert. Wir hätten jede beliebige Waffe mitnehmen können.«

»Wir leben in friedlichen Zeiten. Man möchte die Leute nicht unnötig verdächtigen, sodass man sie lieber freundlich danach fragt und auf ihre Reaktion wartet. Klar hätten wir ein Schwert in eine der Matratzen wickeln können, aber was macht es für einen Unterschied, wenn man innerhalb der Stadt ohnehin eins kaufen könnte? Es geht den Wachleuten eher darum, dass niemand ohne Erlaubnis anfängt, seinen Schund innerhalb der Stadtmauern zu verkaufen.«

»Aha, verstehe.«

Der Festplatz lag fast genau in der Mitte der Stadt, jedoch kam es Rael so vor, als sei ihnen die eine Mauer näher als die gegenüberliegende. Auf dem Kopfsteinpflaster tummelten sich viele Menschen um die aufgestellten Holzhütten, welche den in der Stadt ansässigen Händlern als Geschäft dienten. Sie boten Essen, Kleidung, Glücksspiele und dekorativen Kitsch an. Alles natürlich zu höheren Preisen, als wenn man in einen kleinen Laden eines Bauern ginge, um dort die Lebensmittel zu erwerben.

»Ah, da ist es ja!«, rief er plötzlich aus und blickte auf einen Punkt weiter hinten.

»Was ist da?«, fragte Jotaka neben ihm neugierig, konnte seinem Blick aber nicht folgen, da überall vor ihr Menschen umherwanderten. Rael konnte problemlos über alle hinwegschauen.

»Das Podest in der Mitte des Platzes. Du weißt schon, der Ort, an dem in anderen Städten Leute hingerichtet werden. Normalerweise nutzt man diese aus Holz erbauten Erhöhungen für Kundgebungen und Ansprachen. Manchmal sogar für Musiker oder Theaterleute. Wenn nichts vorgemerkt ist, darf sie jeder nutzen.«

Genervt verzog sie den Mund. Sie hatte doch in einer Stadt gelebt, natürlich wusste sie, was ein Podest war.

Die Buden standen allesamt am Rand des Platzes, sodass sie auch die Menschenmassen zurückließen, sobald sie ins Zentrum kamen. Nur einzelne Leute liefen hier herum. Es war das Auge des Sturms. Das hölzerne Plateau hatte die Grundfläche eines

Hauses und war kniehoch aufgestellt worden. Kurzerhand warf Rael die Matratzen auf das Holz und setzte sich dann selbst auf dessen Rand. Bei Jotaka verlief es nicht ganz so geschmeidig, aber auch sie platzierte sich nebendran.

»Und jetzt?«

Zur Antwort legte er bloß einen Finger auf die Lippen. Einige der umherwuselnden Leute drehten bereits ihre Köpfe zu den beiden Besessenen um. Niemand setzte sich grundlos auf das Plateau. Zusätzlich waren die beiden alles andere als unauffällig: Rael mit seiner Größe und Jotaka mit ihren feuerroten Haaren. Zuerst kam ein Junge näher, blieb erwartungsvoll stehen. Nach und nach bildete sich eine regelrechte Traube an Menschen, die sie anstarrten. Jotaka atmete schneller. Sie wollte nicht so im Mittelpunkt stehen. Diese Menschen waren ihr unbekannt. Neben ihr strahlte Rael alles andere als Unruhe aus.

Einige Minuten verstrichen, bevor Rael auf das Podest stieg und sich zu seiner ganzen Größe aufrichtete. Sicher konnte jeder auf dem Marktplatz ihn nun sehen. Nervös folgte Jotaka ihm, hielt sich aber ein wenig hinter ihm versteckt. Langsam strich sie wieder eine Strähne in ihre Augen. Seine Stimme kratzte beim Reden.

»Sehr geehrte Bewohner Regensheims! Es freut mich, dass einige von euch hiergeblieben sind, um uns friedlich zuzuhören. Ich will euch auch gar nicht lange warten lassen, bevor ich die Wahrheit enthülle: Wir beiden sind das, was viele von euch als „Besessene" bezeichnen.«

Er machte eine Pause, um die Worte wirken zu lassen. Ein Raunen ging durch die Versammelten. Manche wichen zurück, manche verließen sogar den Platz.

»Keine Sorge, ich nehme eure Angst oder euren Hass nicht übel. Wir haben sicher keinen guten Ruf. Doch denkt noch mal darüber nach: Was hat einer von uns euch je getan? Wahrscheinlich nichts. Schließlich müssen wir uns vor euch verstecken. Wir sind die Fremden. Wir müssen uns annähern. Deshalb stehe ich nun hier, um euch zu zeigen, dass wir auch nur Menschen sind. Kein Geist oder sonst irgendeine Kraft kontrolliert uns. Unser Wille ist so frei wie eurer auch. Dieser „Pakt", den wir mit einem Elementar schließen, ist nichts weiter als ein Pakt mit der Natur. Mit unserer Welt. Mit Jormund.«

Rael blickte erneut kurz über die angespannt lauschende Menge.

»Ihr nehmt auch von der Natur: um zu essen, um euch zu Kleiden oder um euch kreativ auszuleben. Wir nehmen von der Natur, um uns mit einem Elementar zu verbessern. Kraft, Ausdauer und Energie steigen. Man friert weniger, man braucht weniger Schlaf und auch weniger Essen. Außerdem erhält man – je nach Wahl des Elementars – eine kleine Gabe. Ich zum Beispiel kann meine Hiebe mit Druckwellen verstärken um Holz zu zerkleinern. Meine Reisepartnerin Jotaka hier kann Leute durch Berührung besänftigen. Andere können Wasser erschaffen, Pflanzen wiederbeleben oder Wunden verheilen.«

Wieder legte er eine gekünstelte Pause ein. Jotaka wurde bereits ungeduldig, als er endlich fortfuhr.

»Ich sehe schon die Frage auf den Gesichtern: „Wollen die jetzt, dass wir werden wie sie?" Nein. Was wir wollen, ist in eurer Gesellschaft Akzeptanz zu finden. Jeder von uns hat eine Gabe, die der Gemeinschaft von Nutzen sein kann und wir sind alle bereit, unser Bestes zu geben! Gerne helfen wir auch Leuten, die sich selbst verbessern möchten, dies zu tun. Aber es ist auch nichts falsch daran, durch eigene Kraft stärker zu werden. Ihr könnt mich und meine Begleitung gerne ausfragen. Ich hoffe auf eine Annäherung zwischen unseren Gruppen. Gemeinsam sind wir stark.«

Er ließ die Arme, die er vorher ausgebreitet hatte, sinken und verbeugte sich tief. Jotaka machte nach einem kurzen Moment der Verwirrung einen Knicks und lächelte unbeholfen. Viele der versammelten Menschen gingen nun davon, doch ein paar blieben tatsächlich. Um besser ansprechbar zu sein, ließen sie sich wieder herunter und setzten sich auf den Rand des Podests. Sofort stand der Junge, welcher als erstes stehengeblieben war, vor Jotaka. Seine Augen glänzten und er ballte die Hände zu Fäusten vor Aufregung.

»KannstdumirdeineGabezeigen? Bittebittebitte!«, rief er ohne Luft zu holen, sobald sie ihn angesehen hatte. Sie nickte ihm zu, bat ihn, still zu stehen und streckte dann ihre Hand nach seiner Schulter aus. Als sie die Mutter des Jungen aus dem Augenwinkel auf sie zukommen sah, kamen Zweifel in ihr auf.

Würde sie ihre Fähigkeit kontrolliert einsetzen können? Was wenn der Junge genauso benommen wurde wie Rael beim letzten Mal? Das würde bestimmt den ganzen Aufwand der Reise und Raels Rede zunichtemachen. Die Mutter war fast da, doch nun schloss Jotaka die Augen und atmete tief ein. Ihre Hand berührte die Schulter des Jungen.

Als sie sie wieder zurückzog und die Augen vorsichtig öffnete, blickte sie in ein zufrieden lächelndes Gesicht. Er blinzelte müde mit den Augen.

»Wow, deine Haare haben sich verfärbt«, sagte der eben noch zu aufgedrehte Junge ruhig.

Schnell griff sie nach ihren Haaren, hob sie an und betrachtete die weißen Spitzen. Die Mutter des Jungen kam fluchend bei ihnen an, zog den Jungen an Stück weg und wollte gerade losschreien, als sie ihr Kind genauer ansah. Schnell sah sie ihm an, dass es ihm gut ging. So sah er sonst nur aus, nachdem er den ganzen Tag getobt hatte und vor dem Schlafengehen noch eine Geschichte erzählt bekam. Er war entspannt.

»Das ist ... bemerkenswert«, sagte die Mutter leise. Jotaka lächelte. Es hatte geklappt. Hatte Rael alles gesehen? Sie drehte sich nach ihm um, doch er stand mit dem Rücken zu ihr vor dem Podest und unterhielt sich mit ein paar Jugendlichen.

Die Mutter bedankte sich und auch der Junge murmelte ein Dankeschön, bevor die beiden davongingen. Sofort schloss ein bärtiger Mann mit Baskenmütze zu ihr auf.

»Ich fand euren Auftritt und auch deine Fähigkeit sehr spannend. Falls ihr einen Platz für die Nacht braucht, dann würde ich euch beide gerne in mein bescheidenes Gasthaus einladen. Als Gegenleistung möchte ich aber noch mehr Informationen über die Euersgleichen.«

Er faltete die Hände beim Reden vor seinem rundlichen Bauch. Seine Augen strahlten Freundlichkeit aus. Hinter sich hörte sie, wie Rael die Jugendlichen verabschiedete und dann zu ihr trat. Sein großer Schatten fiel auf Jotaka und den Mann. Dieser drückte eingeschüchtert die noch immer gefalteten Hände gegen den Bauch.

»Ob wir im Austausch für Informationen in deinem Gasthaus übernachten möchten?«, sprach Rael, begann jedoch zu grinsen, als der Gastwirt knapp nickte.

»Wenn das Essen inbegriffen ist, dann gerne.«

Kaum merklich atmete der Gastwirt auf.

»Sucht einfach das Gasthaus „Nachtigall" auf. Ich bereite schon alles vor. Mein Name ist übrigens Boris Braunbart.«

»Der Name passt. Bis dann.«

Rael wandte sich ab und Jotaka lächelte den Mann entschuldigend an. Dieser räusperte sich laut.

»Eine Frage wäre noch ungeklärt: Braucht ihr ein oder zwei Zimmer?«

»Eins reicht, wir müssen es ja nicht übertreiben«, sagte Rael, bevor Jotaka sich hätte Gedanken machen können. Sie senkte den Blick. Nach einem kurzen Moment hob sie ihn wieder, in der Hoffnung, dass die Röte aus ihrem Gesicht gewichen war. Der dickliche Gastwirt war längst im Getümmel des Marktes verschwunden. Rael zupfte ein wenig an den Stacheln an seinem Hinterkopf und nachdem er zufrieden mit der Form war, sah er Jotaka an.

»Na geht doch. Wir wurden nicht sofort rausgeschmissen und können außerdem noch eine Nacht in der Stadt verbringen. Eigentlich dachte ich, dass wir den Nachmittag und die Nacht durchlaufen, sodass wir morgen Vormittag wieder zuhause sind. Aber wenn man schon ein so nettes Angebot bekommt, sollte man doch ein wenig die Stadt erleben. Wollen wir uns ein wenig umsehen?«

Sie nickte bloß stumm und trottete ihm hinterher über den Marktplatz. Verzweifelt versuchte sie, die aufkeimende Röte in ihrem Gesicht zu unterdrücken. Wieso hatte er denn nur ein Zimmer genommen? Ein paar neugierige Augenpaare folgten ihnen.

»Falls du denkst, der Gastwirt könnte uns eine Falle stellen, hast du prinzipiell recht. Aber wenn wir uns an die Menschen annähern wollen, sollten wir auch Vertrauen entgegenbringen. Außerdem denke ich ohnehin nicht, dass einzelne Personen einen für uns gefährlichen Hinterhalt stellen könnten. Erstens schlafen wir ja gar nicht, zweitens bezweifle ich, dass sie mich im Kampf besiegen könnten und drittens bleibt keiner von uns allein. Ich schütze dich und du schützt mich. Deshalb nur ein Zimmer. Ich hoffe du störst dich nicht daran. Sieh es als

Übernachtung irgendwo auf dem Feld an, da schlafen wir ja auch unter demselben Baum.«

»Stimmt«, erwiderte Jotaka und zupfte sich eine Haarsträhne vor die Augen.

Der Abend kam schneller als erwartet. Rael und Jotaka besichtigten den alten Tempel, sprachen mit ein paar Händlern und Bewohnern und bekamen etwas zu essen angeboten. Zwei Wachen hielten sie einmal an und betonten, dass man sie im Auge habe, und auch sonst gab es nur wenige missgünstige Blicke für sie. Nun saßen sie an einem runden Holztisch, welcher im Kerzenschein fast unsichtbar wirkte. Boris Braunbart setzte sich ihnen gegenüber und wuchtete drei Krüge mit Bier auf den Tisch.

»Nett, dass ihr wirklich hier vorbeigekommen seid. Hier, die gehen aufs Haus. Nachher gibt's noch etwas zu essen.«

Rael nickte ihm freundlich zu, lehnte jedoch das Bier ab.

»Ich trinke nicht. Habe ich noch nie und werde ich nie. Danke dennoch.«

»Darf ich probieren?«, fragte Jotaka neugierig. Auch sie hatte noch nie Alkohol getrunken. Für einen solchen Luxus hatte ihre Familie kein Geld. Sie zog einen Krug zu sich, hob ihn an und nahm einen kräftigen Schluck. Sofort stellte sie den Krug ab und bedeckte ihren Mund mit einer Hand, während Tränen in ihre Augen traten. Es brannte im Rachen und ihr Körper wehrte sich dagegen, das Getränk herunterzuschlucken. An Raels Blick sah sie, dass er gleich loslachen würde. Als er loslachte, musste auch sie losprusten, sodass das Bier zwischen ihren Fingern vor dem Mund hervorschoss und auf dem Tisch landete.

»Sorry, das ist wohl nicht so meins«, entschuldigte sie sich bei Boris und wischte sich die Lachtränen von den Wangen.

»Warum musstest du auch lachen?«

Rael zuckte bloß mit den Schultern. Auch der Gastwirt grinste.

Einige Zeit später, nachdem Boris ihnen Traubensaft gebracht und ein wenig über sein doch relativ eintöniges Leben als Gastwirt berichtet hatte, fragte er: »Und mit einem – wie hieß das noch gleich – Elementar, da könnte ich stärker werden?«

»Genau. Elementare verstärken den Menschen. Alles wird einfacher und du kannst Sachen tun, die vorher unmöglich waren.«

»Das klingt zu gut. Was ist die Schattenseite? Es gibt doch einen Grund, warum man euch auch „Besessene" nennt.«

Langsam ließ Rael sich auf dem Stuhl nach unten sinken, bis er nur noch auf der Stuhlkante saß. So war er zumindest auf Augenhöhe mit den anderen.

»Nun, das ist einfach erklärt: Wir tragen etwas im Körper, das andere nicht haben. Dieses Etwas lässt uns anders aussehen, wenn wir unsere Fähigkeit verwenden. Menschen haben Angst vor dem Unbekannten und glauben nicht, dass wir die volle Kontrolle über unseren Körper haben. Wenn man es mal ganz plump sagen will: „Besessene" ist eine Beleidigung. Niemand „besitzt" uns. Wir sind noch immer wir selbst.«

Boris servierte ein simples Gericht aus Kartoffelbrei und Fischfilets, woraufhin er sich wieder zu ihnen setzte. Er begann, in regelmäßigen Abständen zu nicken, um so zu signalisieren, dass er Raels Vortrag noch zuhörte. Schnell hatte dieser das Essen vergessen, war in der Rede vertieft und erklärte ihm die Typen der Elementare, wo und wie man sie finden konnte und wie man den Pakt schloss. Nur mit einem Ohr zuhörend beobachtete Jotaka gespannt die Spitzen einer Haarsträhne, wie sie sich allmählich von Weiß zurück in Rot wandelten. Hierzu hatte sie die Strähne hinter dem Ohr hervorgeholt und zwischen Daumen von Zeigefinger eingeklemmt, immer darauf bedacht, sie nicht mit Kartoffelbrei zu bekleckern. Es war faszinierend, wie die Fähigkeiten jeden anders zu beeinflussen zu schienen. Bei ihr färbte sich das Haar, bei Rael die Adern an seinen Armen und in den Augen. Nachher würde sie ihn fragen, wie die Auswirkungen bei den anderen aussahen.

Der Vortrag brach abrupt ab, als Rael einen Hustenanfall erlitt. Boris sprang auf und lief etwas Wasser holen, nachdem er den Besessenen angesehen hatte. Der trockene Husten ließ ein wenig nach, doch stattdessen rang er nur noch um Luft. Bei jedem versuchten Atemzug erklang ein heiseres Pfeifen. Dann hörte auch das auf. Jotaka sah ihm an, dass es ihn mitgenommen hatte. Genervt stöhnte Rael, während seine Atmung wieder in den Normalzustand zurückkehrte.

»Danke für das Wasser, aber ich brauche es nicht mehr«, begrüßte er den Gastwirt, welcher eindeutig eine Erklärung erwartete.

»Das passiert manchmal. Ich war ohnehin fertig mit meinem Vortrag, hoffe er war informativ.«

Boris bedankte sich und murmelte, dass er es interessant fand und noch ein wenig darüber grübeln will.

Schon bald betraten Jotaka und Rael ihr Zimmer im ersten Stock des alten Hauses. Die schlichte Tür aus Holzbrettern fiel hinter ihnen zu, woraufhin Jotaka den Schlüssel im Schloss drehte. Klack.

»Alles in Ordnung? Dein Atemproblem war vorhin ziemlich heftig.«

Sie ließ sich sanft auf eines der schmalen Betten im Raum sinken. Zwischen den Betten befand sich ein unscheinbarer Abstand von einem Meter. Rael hatte sich bereits flach auf den Rücken ins Bett gelegt und den Schal um seinen Hals enger gezogen.

»Es war nicht heftig. Es war anders. Ich konnte Bilder vor meinem inneren Auge sehen. Bilder aus Teldraal. Sachen, die ich lieber verdrängt hätte.«

»Wenn du darüber reden willst, dann …«

Gerne hätte sie ihn beruhigt, doch sie fand keine passenden Worte. Sie kannte diesen Teil seiner Vergangenheit zu wenig.

»Danke, Jotaka. Aber ich möchte nicht darüber reden.«

Kaum, dass er verstummt war, drehte er sich mit dem Gesicht zur Wand. Seine breiten Schultern hoben sich leicht bei jedem Atemzug. Schon bald verlangsamte sich die Atmung noch mehr und jegliche Anspannung löste sich. Rael schlief. Ein kleines Lächeln huschte über Jotakas Gesicht, bevor sie sich ebenfalls hinlegte. Obwohl sie keinen Schlaf fand, versank sie in einem Meer aus Gedanken und Träumen.

6

Nachdem Rael und Jotaka am späten Vormittag die Stadt verlassen hatten, hatte Rael rapide seinen Schritt beschleunigt. Mit seinen großen Beinen war er schneller als die kleinere Jotaka, sodass sie kaum hinterherkam. Schon bald hatte er einen ordentlichen Vorsprung aufgebaut. Er war nicht mehr als eine kleine Figur in weiter Ferne. Jotakas Herz raste, doch sie wollte nicht aufgeben. Warum rannte er davon? Weil er das immer tat, wenn es Probleme gab?

Er hatte lange geschlafen, was für ihn, der sonst fast gar nicht schlief, untypisch war. Außerdem hatte er kaum etwas von sich gegeben, hatte nicht gefrühstückt, obwohl Boris ihnen einen reich gedeckten Tisch präsentiert hatte. Jotaka hatte ein wenig mit ihm geredet und sich den Bauch vollgeschlagen – ein weiterer Grund, weshalb sie nun nicht hinterherkam. Rael wiederum hatte seine Arme verschränkt und abwesend vor sich hingestarrt. Kaum war sie fertig mit dem Essen, hatte er darauf bestanden, sofort den Rückweg anzutreten. Innerhalb der Stadt hatte Jotaka mehrfach versucht, ein Gespräch mit den unterschiedlichsten Themen anzufangen, doch Rael antwortete entweder gar nicht oder sehr knapp. Außerhalb der Stadt rannte er los.

Schließlich musste Jotaka anhalten. Ihr Bauch verkrampfte sich und sie bekam nicht mehr genug Sauerstoff. Keuchend stützte sie sich mit den Händen auf die Knie und richtete den Blick nach vorne. Rael verschwand hinter einer Biegung, die in ein kurzes Waldstück führte.

»Verdammt, Rael! Was soll das?«, fluchte sie wütend. Vertraute er ihr nicht genug? War sie zu schwach? Sie schüttelte den Kopf. Selbstzweifel halfen ihr auch nicht weiter.

»Okay. Was tue ich nun? Der Weg ist nicht kompliziert und wir haben Nachmittag. Mit einem halbwegs hohen Tempo sollte ich vor Einbruch der Dunkelheit Zuhause sein. Eine Übernachtung auf dem Weg fällt weg, da der Blödmann unsere Schlafutensilien dabeihat. Ich ruhe mich am besten einen Moment aus und laufe dann zügig los ...«, murmelte sie vor sich hin. Sofort setzte sie ihren Plan in die Tat um.

Als sie wieder zügig durch die Landschaft lief, war sie so in Gedanken an Rael und dessen Vergangenheit vertieft, dass sie einen schweren Ast übersah, der ihr den Weg versperrte. Alles geschah blitzschnell: Sie blieb mit dem Fuß hängen, stolperte, doch bevor sie mit dem Boden kollidierte, drückte sie sich mit einem Arm hoch, sodass sie stattdessen eine Rolle vollführte und daraufhin wieder stabil auf beiden Beinen stand. Diese Reaktionszeit war ihr unbekannt. Sie spürte immer öfter die Wirkungen des Paktes anhand ihrer körperlichen Fähigkeiten.

In der Abenddämmerung, als die letzten feuerroten Licht-
strahlen durch die Bäume sickerten, erreichte Jotaka Turva. Ihre
Beine schmerzten und auch ihre Augenlider fühlten sich schwer
an. Keine einzige Pause war nötig gewesen, doch die Folgen des
langen Weges spürte sie dennoch. Sie grüßte eine vorbeilaufende
Person und ging dann gemütlich zu Raels Haus. Darin sah es
noch immer so aus wie vor ihrer Abreise. Keine Spuren, die auf
Raels Rückkehr schließen ließen. Kein Feuer im Kamin, kein
Essen auf dem Tisch und keine Reisematratzen in der Ecke.

»Rael?«, fragte sie laut, während sie ihre eigene Tasche in die
Ecke legte. Nichts. Sie klopfte an Raels Zimmertür. Keine Antwort. Vorsichtig öffnete sie die Tür und spähte in das Zimmer.
Darin standen bloß ein Bett und eine große Holztruhe, welche
mit Metallstreben verstärkt war. An der Wand hing eine Karte
Jormunds und neben dem Bett lag auf dem Boden ein langes,
ungeschütztes Messer. Die Klinge war schmal und die Spitze
war zweigeteilt. Wieso lag einfach so ein Messer in seinem Zimmer?

Plötzlich hörte sie die Haustür hinter ihr, zuckte zusammen
und fuhr herum. Panisch zog sie die Zimmertür hinter sich zu.
Dann fiel ihr Blick auf Silas' bärtiges Gesicht. Im Dämmerlicht
konnte der Bart die vielen Falten nicht mehr überdecken, sodass
er um viele Jahre älter wirkte.

»Hallo Jotaka, du bist also auch zurück.«

»Auch?«

»Ja, auch. Rael kam durch das Dorf hindurchgelaufen und verschwand im Wald. Ich konnte nicht mit ihm reden, daher komme ich nun zu dir. Wollen wir uns setzen?«

Ohne auf eine Antwort zu warten, ging er zum Tisch im Wohnzimmer und platzierte sich schwerfällig auf einem Stuhl. Er wirkte so schwach. Jotaka schloss zu ihm auf.

»Du brauchst mir gar nicht groß von eurer Mission berichten, das erledigen wir dann in großer Runde. Es geht mir eher darum, weshalb ihr nicht zusammen heimgekehrt seid und warum Rael sofort meditieren ging. Etwas muss ihn beunruhigt haben.«

»Ich habe ihm nichts getan!«, rief sie fast reflexartig aus. Er schüttelte bloß gutmütig den Kopf.

»Das glaube ich auch nicht. Aber wie du bestimmt bemerkt hast, hat Rael nicht immer seine Emotionen unter Kontrolle. Genauer: seinen Zorn und die Angst vor seiner Vergangenheit. Etwas muss passiert sein, dass ihm Angst gemacht hat.«

»Er bekam einen seiner Hustenanfälle gestern Abend und meinte zu mir, dass er Dinge vor seinem geistigen Auge gesehen habe, die er lieber vergessen hätte.«

»Die Hustenanfälle, die auf seinen Elementar zurückzuführen sind?«

»Genau. Es war sehr heftig gestern. Danach schlief er fast für zehn Stunden am Stück.«

Silas hob überrascht eine Augenbraue an.

»So so. Ich verrate dir mal etwas, dass ich schon lange vermute. Diese Atemprobleme entstehen immer nur dann, wenn

Rael eine größere Reise unternimmt und ihm dort etwas widerfährt, dass ihn an seine Kindheit erinnert. In Teldraal gibt es zum Beispiel oft Fischgerichte als Speisen. Es ist schließlich eine Hafenstadt.«

Sie schlug mit einer Hand auf den Tisch.

»Wir haben gestern Abend Fisch gegessen!«

»Da haben wir's. Ich denke, die Atemprobleme werden durch den Elementar verursacht, da Rael seine eigene Vergangenheit verdrängt. Falls ihn etwas daran erinnert, drückt sich sein Unterbewusstsein durch. Wie das zur Atemnot führt, weiß ich nicht. Ich habe Rael auch schon auf meine Theorie angesprochen, doch er leugnete jegliche Zusammenhänge.«

Eine kurze Pause entstand, bevor der Alte wieder sprach.

»Er versucht in dir ein Heilmittel zu finden. Du kannst mit deiner Fähigkeit Gefühlszustände beruhigen. Das hilft gegen einen Zornausbruch oder gegen seine Ängste. Vielleicht kannst du sogar die Hustenanfälle neutralisieren. Wer weiß? Aber die „Heilung" durch dich ist nicht von Dauer. Die Probleme verschwinden nicht, man kann sie bloß besser angehen, wenn man einen kühlen Kopf bewahrt. Rael muss sich seiner Vergangenheit stellen, er muss nach Teldraal gehen. Mit deiner Hilfe schafft er es, da bin ich mir sicher. Wenn die Zeit dafür kommt, musst du ihn begleiten. Ich glaube nicht, dass es zu lange dauern wird, bis er es einsehen muss.«

Jotaka biss sich auf die Unterlippe und nickte. Wieso hatte sie das Gefühl, dass immer mehr von ihr abhing? Sie war doch noch so neu in der Gemeinschaft der Besessenen. Mit einer Verbeugung verabschiedete sich Silas, bedanke sich für Jotakas Ehrlichkeit und ließ sie in der Dunkelheit allein.

7

Als Jotaka am nächsten Morgen durch die frühen Sonnenstrahlen geweckt wurde, streckte sie sich und stellte fest, dass ihr Glieder sich noch immer an den anstrengenden Rückweg erinnerten. Draußen schien der Wind durch das Dorf zu fegen. Das schaurige Pfeifen drang bis in ihr Zimmer. Schnell tauschte sie das lange Nachthemd gegen ihre Kleidung aus und verließ ihr Zimmer. Ihre Haare musste sie nicht bürsten, sie waren von Natur aus gerade genug. Ein kurzer Blick in Raels offenstehendes Zimmer verriet zwei Dinge: Erstens war er nicht da, zweitens war er jedoch zwischenzeitlich dagewesen, ansonsten würde die Tür nicht offenstehen. Jotaka war sich sicher, die Tür am Vorabend verschlossen zu haben, nachdem sie hineingespäht hatte. Das gespaltene Messer lag noch immer auf dem Boden.

Bevor Jotaka das Haus verließ, griff sie sich aus dem Brotkorb im Wohnzimmer einen Kanten und biss bereits hinein. Draußen leuchtete die Sonne ihr entgegen, es war bereits warm, obwohl der Wind anderes vermuten ließ. Ein starker Windstoß wirbelte ihre Haare umher und versperrte ihr somit die Sicht. Sie hielt den Brotkanten mit den Zähnen fest, während sie sich mit beiden Händen daran machte, ihre Haare einzufangen. Daraufhin stopfte sie die Enden ihrer Haarsträhnen in ihren Kragen hinein, sodass die Kleidung ein weiteres Durcheinander verhindern konnte.

Sie kam dennoch nicht weit auf ihrer Suche nach Rael, da sie nun von der Seite angetippt wurde. Sofort wirbelte sie herum und blickte in ein gänzlich unbekanntes Gesicht, welches augenblicklich hinter einem roten Vorhang verschwand. Jotakas Haare hatten sich aufgrund der Drehung wieder selbstständig gemacht.

»Oh entschuldige«, schrie die quakende Stimme des Jungen in den Wind. Ein Moment verstrich, in denen keiner von beiden was sagte. Der Junge gab nichts von sich, da er nicht wusste, ob er reden sollte, und Jotaka schwieg, da sie noch immer mit ihren Haaren kämpfte. Sie sollte sie einfach kurz schneiden. Ja. Ganz einfach ab und am besten jetzt.

Schließlich landeten die langen Haare dennoch wieder innerhalb der Kleidung.

Der blonde Junge, welcher einen halben Kopf kleiner war als sie, hob entschuldigend die Hände. Er war sichtlich nervös und man hätte – wenn der Wind nicht wäre – sicher ein paar Schweißtropfen auf seiner Stirn gesehen.

»Wie kann ich helfen?«, rief sie, damit er sie hören konnte.

»Bin ich hier richtig in Turva?«, schrie er. Seine Stimme überschlug sich. Wie alt mochte er sein? 15?

»Ja.«

Der nächste Satz des Jungen wurde von einer weiteren Böe verschluckt. Kurzerhand bedeutete Jotaka ihm, ihr zu folgen und drehte sich vorsichtig um. Ihr Blick suchte einen Ort, an dem sie unterkommen konnten, damit sie nicht schreien mussten. Die kleine Bar an der Ecke? Hatte sie so früh morgens offen? Sie wollte den Fremden nicht einfach in Raels Haus einladen, da sie sich selbst noch immer als Gast fühlte. Als sie die Bar erreichten, drückte Jotaka ihre Schulter gegen die Tür, welche tatsächlich aufschwang. Leicht verwundert stolperte sie hinein und blickte sich sofort um. Sie bekam kaum mit, dass die Tür durch den Wind zugeschlagen wurde und so den Jungen mit voller Wucht gegen die schützend ausgestreckten Arme krachte. Er verlor das Gleichgewicht.

Prüfend sah die Besessene sich um. Die kleinen Tische in der Bar waren zu großen Teilen leer, doch an zweien saßen ein paar Leute und frühstückten. Dies erklärte auch die frühe Öffnungszeit.

Ein alter Mann hinter der Theke hörte auf, Flaschen zu sortieren und nickte ihr freundlich zu. Die Tür wurde erneut aufgestoßen und eine riesenhafte Gestalt füllte den Rahmen.

»Da bist du also!«, rief Rael ihr zu und drückte seine stacheligen Haare zurecht. Die andere Hand hing herab und hielt den Jungen von draußen an der Kleidung fest. Rael zog ihn über die Türschwelle und half ihm auf die Beine, bevor er eine Hand ins Kreuz des Jungen legte und ihn zwang, vorwärts zu laufen. Er platzierte den noch immer benommenen Fremden an einem Tisch nahe Jotaka und stelle sich neben sie.

»Du solltest besser auf dein Date aufpassen«, meinte er trocken.

Sie riss die Augen auf. Ein Schwall von Wörtern prasselte aus ihrem Mund.

»Bitte was?! Ich kenne den Typ doch gar nicht, er hat mich eben nur gefragt, ob er denn in Turva sei. Ich denke, er ist neu.«

Sanft legte er eine Hand auf ihre Schulter.

»Das war ein Scherz, Jotaka. Sowas sollte man lustig finden. Setz' dich.«

Sie setzte sich an den Tisch, an dem der Junge ins Leere starrte und auch Rael setzte sich dazu.

»Ich hätte nicht gedacht, dass du schon so früh auf den Beinen bist. Ganz schöne Leistung, die du da gestern erbracht hast. Eigentlich wollte ich dich als Entschuldigung für mein schroffes Verhalten wecken und dann eben hier mit dir frühstücken.«

»Oh«, sagte Jotaka. Mehr fiel ihr nicht ein. Verdammt, warum musste der Junge hier herumsitzen?

»Schon gut, du verstehst nicht, wieso ich das getan habe. Wir sind schließlich ein Team und so weiter. Es hatte nichts mit dir zu tun, ich musste einfach Ruhe finden. Aber nicht künstlich durch deine Fähigkeit, sondern indem ich nachdenke. Ich bin schnurstracks zu meinem Baumstamm im Wald gerannt und habe dort die ganze Nacht nachgedacht, meditiert und ja, auch etwas geschlafen.«

Jotaka nickte gedankenverloren. Er war gekommen, um sich bei ihr zu entschuldigen? Er? Rael?

»Sorry?«, meldete sich der Junge zu Wort. Er schien noch eingeschüchterter als zuvor. Dies lag wahrscheinlich an Raels

Präsenz, welchem das bewusst war. Er grinste kurz und forderte dann den Jungen auf, sein Anliegen zu erläutern.

»A-Also, mein Name ist Vobor und ich komme aus Grollstein.«

Es war die Stadt, die Turva am nächsten lag. Auch sie war bereits von zwei Besessenen vor ein paar Tagen besucht worden.

»Als eure Freunde dort waren und eine Ansprache gehalten haben, war ich fasziniert von dem Potential, welches in den Menschen schlummert. Ich bin schnellstmöglich los, um euch aufzusuchen und mich anzuschließen.«

»Das freut mich, Vobor. Schön, dass du uns nicht als Monster ansiehst«, sagte Rael. Jotaka nickte zustimmend.

»Ich würde ja sagen, dass wir uns darum kümmern, dass du einen Elementar findest, aber ich und Jotaka sind leider zu beschäftigt. Als Stellvertreter des Anführers habe ich immer viel zu tun.«

Jotaka hob fragend eine Augenbraue. Sie wusste von nichts, was er und sie in unmittelbarer Zukunft vorhatten. Verheimlichte er etwas?

»Und wo finde ich jemanden, der mir dabei helfen kann?«, hakte Vobor nach. Rael antwortete prompt.

»Ich denke, dass in den nächsten Tagen ein paar weitere Menschen zu uns stoßen werden. Es macht wohl Sinn, wenn wir ein wenig warten, bis sich eine Gruppe gesammelt hat. Dann muss Silas nicht täglich denselben Text von sich geben, bevor ihr

Mentoren zugeordnet bekommt und loszieht, um einen Elementar zu finden. Du findest ihn im größten Haus der Stadt. Lass dir von ihm eine Bescheinigung ausstellen, dass du hier leben darfst. Nur so findest du eine Unterkunft.«

»Okay, alles klar!«, rief der Junge euphorisch. Vom Zusammenprall mit der Tür fehlte bereits jede Spur. Schnell war er aufgestanden, bedankte sich und rannte aus der Bar. Das Rauschen des Windes ertönte kurz, aber verstummte wieder, als die Tür sich hinter ihm schloss.

Jotaka setzte sich auf und wandte sich dem Riesen zu.

»Was genau haben wir denn vor, wenn wir so beschäftigt sind?«

»Es steht eigentlich nichts an, ich habe nur absolut keine Lust mich um ihn zu kümmern, durch die Welt zu laufen und einen Elementar zu finden.«

»Aber ich? Warum habe ich auch keine Zeit?«

»Du bist zu unerfahren. Ich möchte dir heute auch einen tieferen Einblick in unsere Welt und die Entstehung der Elementare geben. Außerdem sollst du mich beruhigen können, falls ich…«

»Ich werde dich nicht für immer von deinen Problemen heilen können, Rael«, unterbrach sie ihn. Er verzog den Mundwinkel.

»Silas hat mit dir geredet, oder? Von wegen „Rael muss sich seiner Vergangenheit stellen". Vergiss' es. Ich gehe nie wieder nach Teldraal. Mit deiner Hilfe schaffe ich das auch so.«

Er sah sie fast flehend an. Ein Seufzen drang aus ihrem Mund. Sie würde ihn nicht nach seiner Vergangenheit fragen. Er war zu stur. Dennoch erfreute es sie, dass er ein gewisses Maß an Vertrauen in sie hatte und sie erneut etwas unternehmen würden.

Als sie wieder draußen im Wind standen, schrie Jotaka: »Wohin reisen wir? Geht das bei dem Wind?«

Als Antwort zuckte er bloß mit den Schultern und schlurfte zurück zu ihrem Zuhause, wo er kurz in seinem Zimmer verschwand.

»Der Weg ist nicht weit!«, rief er in das Wohnzimmer hinaus.

Jotaka nutzte den Moment, um in ihr Zimmer zu gehen und sich vor dem Spiegel die Haare zu einem Pferdeschwanz zu binden. Zwar war sie selbst kein großer Fan dieses Aussehens, aber so sollten die Haare wenigstens nicht permanent in ihrem Gesicht kleben.

Rael führte Jotaka hinaus in den Wind und hinein in den Wald. Schnell gingen sie an seinem Baumstumpf vorbei. Hier hinten gab es keine Wege, sondern nur ein störrisches Unterholz aus Wurzeln und stacheligen Gebüschen.

»Was ist, wenn der Sturm schlimmer wird?«, brüllte Jotaka. Immerhin war der Wind aufgrund der vielen Bäume leiser, aber er heulte noch immer.

»Ach was, der geht erst morgen richtig los. Das Bisschen Wind kann uns nichts anhaben.«

Ein Ast, der durch den Wind gebrochen zu sein schien, krachte hinunter und baumelte an seinen letzten Fasern direkt vor Raels Gesicht. Dieser packte den Ast, riss ihn endgültig ab und schleuderte ihn in die Tiefen des Waldes.

»Siehst du, ich pass' auf. Auch auf dich.«

Wirklich sicherer fühlte Jotaka sich nun nicht, aber ihr blieb auch keine andere Wahl.

Es dauerte nicht mehr lange, da kamen von Menschenhand geformte, bemooste Steine zum Vorschein. Zunächst vereinzelt, dann immer dichter, bis Rael und Jotaka vor einer Hütte aus eben jenen riesigen Steinen standen. Die Steine waren grob bearbeitet, aber weitestgehend quaderförmig. Durch die schiere Größe der Steine wirkte die Hütte, als sei sie nur aus fünf Brocken zusammengebaut. Rael musste fast auf die Knie fallen, um durch den niedrigen Eingang hindurch zu kommen, während Jotaka leicht gebeugt hindurch passte. Im Inneren der Hütte war es, obwohl es draußen noch immer sehr hell war, stockfinster. Langsam gewöhnten sich ihre Augen an die Dunkelheit, sodass sie die Umrisse von allem erkennen konnte. Viel gab es ohnehin nicht zu sehen. Der Innenraum war kahl, bloß in der Mitte befand sich eine Ringförmige Erhöhung – ein Brunnen – und direkt daneben ein Rael. Der Wind war verstummt.

»Was ist das hier?«, fragte Jotaka leise. Die Luft schien ihre Worte kaum übertragen zu wollen.

»Eine Hütte mit Brunnen.«

»Rael, hör auf. Das ist nicht nur irgendeine Hütte mit Brunnen.«

Statt zu erklären, stellte er eine Gegenfrage.

»Wie gut bist du mit den Geschehnissen des großen Provinzkrieges vertraut?«

Einsichtig, dass er sonst nie mit Informationen herausrücken würde, antwortete sie.

»Ziemlich gut. Vor 92 Jahren starb der König des großen Königreichs Jormund. Er war der einzige König, der nach über 200 Jahren seiner Blutlinie keinen Nachfolger hinterließ. Außerdem formulierte er auch keinen letzten Willen, welcher der Fürsten, die unter seinem Befehl die neun Provinzen regierten, seinen Platz einnehmen sollte. So kam es dazu, dass der König, dessen Anwesen in der Stadt Ährenberg stand, verstarb und der Fürst aus Ährenberg die Macht an sich reißen wollte, denn er sei der, der dem König am nächsten stand. Dies widersprach den Prinzipien der anderen Fürsten, welche zum Teil selbst dem Thron entgegenhungerten und zum Teil auf einer Abstimmung bestanden. Unfähig, sich zu einigen, entbrannte der Krieg, in dem der Ährenberger Fürst versuchte, die anderen, nun abgespaltenen Provinzen gewaltsam zurückzuerobern. Da Ährenberg nicht nur die größte Armee hatte, sondern auch die großen Schmieden des Landes, eroberte seine Truppe in Windeseile Grollstein, Finsterforst und Graszdom. Als sie Regensheim angriffen, scheiterte der Angriff auf dem großen Feld vor der Stadt. Nicht nur waren die Regensheimer erfahrene Verteidiger, sie hatten sich auch mit vier weiteren Provinzen verbündet, um den Schlachtzug Ährenbergs zu stoppen. Nach dieser verheerenden Niederlage vor Regensheim, kämpften die Vereinigen Provinzen gegen das Ährenberger Heer in zahlreichen Schlachten. Sie befreiten die eingenommenen Provinzen, doch scheiterten selbst beim finalen Angriff auf Ährenberg. Jede Seite hatte Unmengen an Ressourcen verloren, sodass sie letztendlich einen Waffenstillstand vereinbarten und somit den Krieg beendeten. Fortan sollte jeder Fürst seine eigene Provinz regieren. Mancherorts, wie in Regensheim oder Teldraal bekam das Volk mehr Macht als an anderen Orten. Ährenberg ist für eine fast schon unterdrückende Regierung bekannt. Strafen werden fast willkürlich ausgesprochen. Der jetzige Fürst ist ein direkter Nachfolger des damaligen Aggressors.«

Rael nickte kaum erkennbar in der Dunkelheit.

»Das war ausführlicher als erhofft. Was du natürlich nicht gesagt hast, weil du es nicht wissen kannst: Diese Kriege, die insgesamt über drei Jahre gingen, schadeten auch der Natur. Wälder wurden abgeholzt, der Boden wurde mit Blut und Öl getränkt und Feuer brannte überall. Die Natur, welche dermaßen angegriffen wurde, musste sich regenerieren. In diesem Prozess brachen aus dem tiefsten Inneren die Elementargeister hervor, welche seit dem Krieg über Jormund huschen, um der Natur zu helfen. Wie genau sie der Natur dienen, wissen wir nicht. Um mehr zu erfahren, deshalb sind wir hier. Dieser Brunnen hier wurde vor 77 Jahren erbaut, wenn man den Einprägungen an den Steinen hier glauben darf. Es waren die ersten Verstärkten, welche hier mehr über sich und ihren Elementar erfahren wollten. Ich denke, sie selbst haben mehr oder weniger aus Versehen Kontakt mit einem Elementar gehabt und diesen in sich aufgenommen. Das Wasser in diesem Brunnen hat eine besondere Funktion. Streck' deinen Arm mal hinein.«

Kurz zögerte sie, doch dann zog Jotaka ihren Poncho zurecht und trat näher an den Brunnen. Das Wasser darin glitzerte rötlich, aber das Licht verteilte sich nicht im Raum. Ihr Mittelfinger berührte die Wasseroberfläche. Warm. Nachdem sie sich entschlossen hatte, Rael zu vertrauen und sie einen tiefen Atemzug gemacht hatte, versenkte sie ihrem Arm bis zum Oberarm im warmen Wasser.

Darin tauchten plötzlich Bilder auf. Ihr Elementar, wie sie ihn zuletzt auf dem Berg gesehen hatte, mit der kleinen Murmel. Dann sah sie in chronologischer Abfolge jedes einzelne Mal, als sie ihre Fähigkeit angewandt hatte und den jeweiligen Partner, auf den sie die Fähigkeit anwandte. Rael, Rael, ein Junge, Rael …

Dann hörten die Bilder auf und Jotaka zog ihren Arm aus dem Brunnen.

»Cool, was? In der Theorie kannst du auch ganz in den Brunnen steigen, dann kannst du sogar mithilfe deiner Fähigkeit genaue Zeitpunkte auswählen. Ist nützlich, wenn man seine Fähigkeit für jeden Blödsinn einsetzt, so wie ich. Ich mache das manchmal, allerdings kannst du keine Kleidung tragen, damit das funktioniert.«

Vor ihrem geistigen Auge sah sie, wie Rael mit seinen Muskeln vollständig entblößt-

Sie schüttelte den Kopf, um den Gedanken zu verdrängen. Rael lachte.

»Keine Sorge, ich würde dich nicht dabei beobachten. Es sei denn, du willst es.«

Sie starrte auf den Boden. Er auch. Ein Moment verstrich.

Nach einem Räuspern meinte Rael: »Das war's eigentlich schon. Ist total interessant, dieser Brunnen und ich wollte ihn dir zeigen. Außerdem wollte ich dir den Ursprung der Elementare genauer erläutern, auch wenn vieles im Ungewissen liegt.«

»Also gehen wir wieder heim?«, entgegnete sie.

»Ja. Und dann spendiere ich uns ein leckeres Abendessen im Restaurant. Wir können dann morgen jagen und frisches Fleisch selbst braten.«

»Abendessen? Ist es schon so spät?«

Sie war überrascht, wie schnell die Zeit vergangen war.

»Noch nicht ganz, aber wenn wir gemütlich den Gegenwind auf unserem Rückweg genießen, dann passt's.«

Gesagt, getan. Zwar war der Gegenwind alles andere als ein Genuss, aber sie schafften den Weg dennoch. Die Sonne sank sich allmählich in Richtung Horizont, als sie im Dorf eintrafen. Dort gingen sie in die Gaststätte, wo Rael beiden ein für Jotakas

Geschmack zu großem Menü bestellte. Wie es sich herausstellte, schaffte selbst der über zwei Meter große Mann seine Portion nicht, sodass sie den Rest mit in ihr Haus nahmen.

Der Abend lief ansonsten ruhig und während der Wind draußen nicht aufhörte zu toben, spielten sie Karten bis spät in die Nacht. Dann zog Rael sich in sein Zimmer zurück und Jotaka gönnte sich ein paar Stunden Schlaf.

8

Nach einem ausgiebigen Restefrühstück kauften die beiden etwas Gemüse beim Händler, der sich nun in Silas' Haus einquartiert hatte, damit der Sturm nicht alles verwüsten konnte. Doch Rael ließ Jotaka keine Zeit, das Essen ordentlich Zuhause zu sortieren, da er gemäß seiner Idee vom Vortag darauf bestand, im Wald zu jagen. Sie hatte gerade so Zeit dazu, ihre Haare erneut zu einem langen Pferdeschwanz zusammenzubinden.

»Denkst du bei dem Sturm ist hier irgendein Tier unterwegs?«, rief Jotaka nach vorne, wo Rael gerade einen Ast zerbrach, der den Weg versperrte. Der Wind hatte deutlich zugenommen, sodass der aufziehende Sturm zu spüren war.

»Verschwinden können die Tiere jedenfalls nicht und ich habe Hunger auf frisches Fleisch. Versuchen können wir es doch.«

Sie griff den Jagdbogen fester, den Rael ihr einfach in die Hand gedrückt hatte. Auf ihrem Rücken hing ein Köcher mit sieben Pfeilen darin. Rael wiederum trug nur wieder eine seiner großen Taschen – diesmal jedoch leer.

»Findest du nicht, dass es inzwischen im Wald zu gefährlich ist? Ein Baum könnte uns ganz einfach erschlagen.«

Rael blickte über die Schulter zu ihr, lief aber trotzdem weiter.

»Klar könnte ein Baum auf uns fallen, aber ich denke, wir sind robust und schnell genug, um es heil zu überstehen oder wenigstens nicht daran zu sterben.«

»Sehr tröstlich, du Idiot«, knurrte sie so leise, dass er es durch den Wind nicht hören konnte. Augenblicklich blieb er stehen, sodass Jotaka schon befürchtete, er habe es doch gehört. Doch er streckte nur langsam einen Arm aus und zeigte auf eine Stelle inmitten des Waldes. Der Wind kam von dort. Gerade so konnte sie ein einsames Reh zwischen den Bäumen ausmachen. Es hatte den Kopf gesenkt, so als wollte es sich vor dem Wind schützen. Rael machte pantomimisch eine Bogenschuss-Bewegung. Verwirrt schüttelte sie den Kopf und trat langsam an ihn heran.

»Ich kann doch unmöglich gegen den Wind schießen. Am Ende wird der Pfeil noch umgedreht.«

»Unterschätz' deine Fähigkeiten nicht«, erwiderte er bloß. Der Seufzer, welcher Jotakas Reaktion darstellte, wurde vom Wind davongetragen. Vorsichtig zog sie einen Pfeil am Schaft aus dem Köcher und legte ihn an. Sie hatte bereits ein wenig Erfahrung mit dem Bogen, da ihre Familie einen besaß. Ihr Vater war manchmal im Wald jagen gewesen und sie durfte auch mal schießen.

Der Wind zog am Bogen. So ein Schuss würde niemals gelingen. Sanft ließ sie sich auf ein Knie sinken. Nun schwankte der Bogen nicht mehr ganz so heftig hin und her. Sie spannte den Bogen. Das Reh hob den Kopf.

»Rael, das wird nichts. Ich habe Angst, dass selbst, wenn ich treffe, das Tier noch Qualen erleiden muss. Das möchte ich nicht.«

Wider Erwarten drängte Rael sie nicht weiter, sondern nickte kurz.

»In Ordnung. Ich kann das verstehen. Quälen müssen wir das Reh nun wirklich nicht«, raunte er.

Jotaka senkte den Bogen erneut und ließ den Pfeil in ihre Hand gleiten.

»Danke.«

»Ne. Kein „Danke" jetzt. Wollen wir das Reh trotzdem essen?«

»An sich schon, ja. Aber wie?«

Anstatt eine Antwort zu geben, stürzte Rael nach vorne davon. Äste brachen und das Reh versuchte, aufgeschreckt davonzurennen. Doch Rael war schneller. Er überholte das Reh und bevor es einen Haken schlagen konnte, schlang er seinen Arm um dessen Hals und riss es zu Boden. Jotaka sah dann nur noch, wie das Laub um das Reh herum durch eine von Raels Druckwellen aufgewirbelt wurde. Reflexartig drehte sie den Kopf weg, nur um dann wieder hinzusehen. Kaum eine Sekunde später erhob sich Rael, wuchtete das Reh scheinbar mühelos auf seine Schulter und stapfte los. Schlaffe Gliedmaßen wippten im Takt seiner Schritte. Je näher er kam, desto besser konnte Jotaka die blutlose Verformung am Hals des Rehs erkennen. Er hatte das Tier nicht leiden lassen. Ihr tat der Rehnock dennoch ein wenig leid. Hoffentlich schmeckte es wenigstens, sodass es nicht umsonst starb.

Der Sturm wurde schlimmer und Regen mischte sich zum Wind, sodass Jotaka und Rael triefnass im Dorf ankamen. Dort rannten vereinzelt Leute umher, um in ihre Häuser zu gelangen. Die Nässe in ihren Haaren zog Jotakas Kopf förmlich nach unten, doch ihrem großen Begleiter schien der Sturm nichts auszumachen. Zwar klebten auch seine Kleidung und sein Haar an seinem Körper – wodurch man die Muskeln unter dem Oberteil deutlich sah –, aber er schleppte mit relativ guter Laune das Reh voran.

»Warte mal kurz«, sagte er und blieb stehen.

»Wieso? Sind wir nicht nass genug? Da vorne ist unser Haus«, keifte sie zurück. Es war ja nicht schlimm genug, dass sie bis auf die Knochen eingeweicht waren, nein, sie mussten jetzt auch noch in der Gegend herumstehen. Kontrolliert legte Rael das Reh auf einen flachen Felsbrocken, schüttelte seine Arme aus und meinte dann: »*Mein* Haus. Außerdem müssen wir das Reh noch auseinandernehmen. Wir können es nicht im Haus zerlegen, denn das Blut bekommt man kaum weg. Wir können es auch weder draußen noch drinnen lagern, da es sonst anfängt zu faulen oder Raubtiere und Vögel anlockt. Wenn es dich stört, kannst du ja trotzdem schon ins Haus gehen und dich aufwärmen. Ich –«

Er zog das zweispitzige Messer unter dem Gürtel hervor.

»– werde das Reh ausbluten lassen und dann zerlegen. Mach du schonmal ein Feuer, okay?«

Jotaka wartete einen Moment ab, doch als er sie immer noch auffordernd ansah, nickte sie und machte auf dem Absatz kehrt. Schnell hatte sie es zu *Raels* Haus geschafft. Die Tür schloss sich hinter ihr und endlich wurden das Peitschen des Regens und das Gejaule des Windes leiser. Schnell zog sie den semitransparenten Poncho aus und legte den weißen Stoff ausgebreitet auf den Boden vor dem Kamin. Ebenfalls kämpfte sie sich aus ihren roten Stiefeln und dann aus der Haremshose. Ihr Top ließ sie an. Sie wusste, dass sie sich nur in Unterwäsche zu nackt fühlen würde. Was wenn Rael wieder hereinkam? Ihre Wangen wurden warm, aber nur für einen Augenblick. Dann verdunkelte sich ihr Blick wieder. Wahrscheinlich würde es Rael nicht im Geringsten interessieren.

»Dämlicher gefühlsloser Sack voll Steine«, knurrte sie leise, bevor sie ein paar Holzscheite neben dem Kamin hervorzog und sich daran machte, sie darin anzuzünden. Als das Feuer endlich seine Wärme verstrahlte, ordnete sie ihre Kleidungsstücke ein wenig besser an und setzte sich selbst mit angewinkelten Beinen vor das Feuer. Ihr Blick fixierte die tanzenden Flammen über den knisternden Scheiten. Zeit verging.

Die Tür flog auf, der Sturm wurde wieder laut.

»R-Rael?«, rief eine entfernt bekannte Stimme. Vobor. Der Neue.

Jotaka wurde aus ihrer Trance gerissen und drehte sich um. Ihre Haare fielen wieder trocken über ihre Schultern.

»Er ist nicht hier, sondern ein Stück weiter hinten in Richtung Wald«, meinte sie bestimmt, realisierte dann aber, dass sie untenrum noch immer nur Unterwäsche trug. Ein panischer Luftstoß schoss durch ihre aufeinandergepressten Zähne, als sie nach ihrer Hose griff, um diese auf ihren Schoß zu drücken. Doch Vobor hatte sich bereits umgedreht. Seine Kleidung triefte. Was er wohl gedacht haben muss? Schnell zog sie ihre Hose an und räusperte sich dann laut. Der Junge drehte sich um. Sein Blick heftete sich an eine scheinbar sehr spannende Stelle auf dem Boden. Erst jetzt bemerkte Jotaka, wie sehr seine Stimme zitterte.

»E-E-Es g-geht u-um S-Silas. Die anderen sagen, er liegt im Sterben. Silas möchte noch mit Rael reden.«

Jotaka riss die Augen auf. Ihre Atmung und der Herzschlag beschleunigten sich. Ohne darauf zu achten, dass sie keine Schuhe trug, stürmte sie an dem hilflos herumstehenden Jungen vorbei hinaus in den Sturm. Ihre Zehen wurden schnell schlammig und kalt, während sie mit einer Geschwindigkeit durch das Dorf raste, die nur eine Besessene haben konnte. Zum Glück störte die Kälte sie dank ihres Elementars kaum.

»Rael!«, schrie sie schon von weitem. Er hob den Blick von der blutigen, nassen Masse, die vor ihm lag. Ein paar schöne Steaks hatte er bereits fein säuberlich in ein Tuch gewickelt. Als er ihren Gesichtsausdruck sah, rannte er ihr sofort entgegen.

»Was ist los?«, rief er ihr zu. Sie erreichte ihn, griff ihre eigenen Hände und sagte nur mit zitternder Stimme: »Silas stirbt. Er möchte dich nochmal sehen.«

Rael stieß Luft aus, als hätte man ihm in die Magengrube geschlagen.

»Komm mit«, hauchte er mit so wenig Kraft in der Stimme, dass er sich gar nicht mehr wie Rael anhörte. Auch schien sein Körper nicht die Kraft aufbringen zu können, von der er sonst erfüllt war. Jotaka konnte mühelos Schritt halten, obwohl der Riese sich zu verausgaben schien. Brutal kollidierte Raels Schulter mit der großen Tür zu Silas' Haus. Im großen Raum am Versammlungstisch saßen ein paar traurig dreinblickende Gestalten. Die Tür zum Schlafzimmer stand offen, darin befanden sich nur wenige Leute, allesamt um das Bett versammelt. Im Nu waren die beiden im Raum. Ein älterer Besessener im Kittel trat zur Seite. Über seine Haut an den Armen und im Gesicht wucherte Moos. Er hatte vergebens seinen Natur-Infusions-Elementar verwendet.

»Was stimmt nicht?«, stammelte Rael fast lautlos. Er konnte es nicht glauben, was man ihm mitgeteilt hatte. Silas, der Mann, der ihn immer zur Seite stand, der mit ihm dieses Dorf aufgebaut hat und der ihn selbst aus seiner Vergangenheit zog, konnte unmöglich sterben. Seine Welt funktionierte nicht so. Er fühlte noch keinen Schmerz, denn er stritt ab, dass das Unvermeidliche auch seinen Ziehvater heimsuchen konnte.

»Ich bin bloß alt, Rael«, sagte Silas leise, aber mit fester Stimme. Er lag rücklings auf dem Bett und schien erschlafft. Seine Falten waren tief, seine Haut schimmerte grau. Doch seine Augen fassten klaren Fokus in den Augen seines Ziehsohnes.

»Der Heiler kann nichts für mich tun. Ich bin weder krank noch verwundet. Mein Körper will einfach nicht mehr und ich fühle, wie er immer weiter abschaltet. Auf eine seltsame Art finde ich das faszinierend.«

Tränen traten in Raels Augen, als er noch nähertrat und sich neben dem Bett auf die Knie fallen ließ. Zusätzlich musste er sich noch etwas niederbeugen, um auf Augenhöhe mit dem Alten zu sein.

»Ich möchte, dass alle anderen den Raum verlassen«, sprach Silas. Jotaka setzte sich gemeinsam mit dem Heiler und den zwei anderen in Bewegung, doch dann fügte er noch hinzu: »Jotaka, du bleibst bitte.«

Sie blieb stehen und sah den Anführer des Dorfes an. Seine Augen lächelten sie an, doch sein Mund streikte. Die Tür des Raumes wurde geschlossen.

»Silas, du kannst nicht sterben. Du kannst mich nicht allein lassen!«, keuchte Rael und schluchzte.

»Doch, kann ich«, antwortete Silas trocken und lachte kurz auf.

»Außerdem bist du nicht alleine.«

Der Riese sah sich kurz um, blickte in das von rotem Haar umrandete Gesicht. Silas fuhr fort.

»Mit meinem Tod wirst du zumindest für eine Weile der neue Anführer dieses Dorfes. Bis die Leute abstimmen wollen. Du hast das Zeug dazu, mein Sohn. Zumindest, wenn du dich deiner Vergangenheit endgültig stellst.«

»Ich kann das nicht alleine.«

»Sie hilft dir. Aber am Ende ist es deine Entscheidung, ob und mit wem du deine Vergangenheit hinter dir lässt. Es ist auch deine Entscheidung, ob du jemandem davon erzählst. Falls nicht, so nehme ich das Geheimnis mit ins Grab.«

»Ich kann das nicht.«

Raels Stimme versagte und er vergrub sein Gesicht in der Matratze des Bettes.

Silas' Blick wanderte zu Jotaka. Vorsichtig torkelte sie näher und stellte sich ans Fußende des Bettes.

»Du hast großes Potential. Nicht als Krieger. Rael wird das auch noch früh genug verstehen. Du bist nicht seine Medizin. Bitte hilf ihm, seinen Schatten hinter sich zu lassen und unseren Traum einer vereinten Gesellschaft zu erfüllen. Ich weiß, es ist viel verlangt.«

»Ja«, flüsterte Jotaka. Auch ihr rollten Tränen ihre Wangen herunter.

»Ich kann das nicht. Das hat alles keinen Sinn ohne dich!«, presste Rael unter den Tränen hervor.

»Ich liebe dich wie einen leiblichen Sohn, Rael. Dein Traum hängt nicht an mir fest, er ist weitaus größer.«

Der Riese richtete sich auf und wischte Tränen aus dem Gesicht.

»Du bist mein wahrer Vater, aber ich kann nicht ansehen, wie du einfach so entschwindest. Es tut mir leid. Ich liebe dich.«

Mit diesen Worten drehte er sich um und rannte aus dem Zimmer. Jotaka wollte ihn aufhalten, doch entschied sich dann anders.

»Ich habe nichts anderes erwartet«, sagte Silas mit freundlicher Stimme.

»Hilf ihm, nicht in Trauer und Zorn zu versinken. Er vertraut dir sehr, Jotaka. Bring ihn dazu, nach Teldraal zu reisen. Begleite ihn. Das ist mein letzter Wunsch.«

»Okay«, flüsterte sie leise und biss sich auf die Lippe, um nicht loszuheulen. Der Glanz in den Augen des Alten schwand allmählich.

»Ich fühle mich müde. Könntest du mich allein lassen? Bitte sag allen, dass ich bis zum Sonnenaufgang keinen Besuch bekommen möchte. Ich möchte meine verbliebene Zeit einfach nur dem Sturm lauschen. Mein Leben war ein einziger Sturm, daher finde ich das ganz passend. Leb wohl und danke für alles, was du noch tun wirst.«

Jotaka schluchzte, nickte ehrfürchtig und ging leise zur Tür. In der großen Halle drehten sich alle Köpfe zu ihr um, als sie die Tür leise schloss. Mit zittriger Stimme und geröteten Augen berichtete sie von Silas' Wunsch nach Ruhe, bevor sie sich selbst zurück nach Hause begab. Sie hatte keine Lust zwischen lauter

Fremden am Tisch zu sitzen. Die Sonne war untergegangen, doch der Sturm tobte noch immer mit voller Stärke. Doch das war ihr egal.

Das Haus lag verlassen da, der Kamin glühte nur noch leicht und von Rael fehlte jede Spur. Er saß bestimmt auf seinem Baumstumpf mitten im Wald.

9

Der Sturm hatte noch die halbe Nacht gewütet, während Jotaka zusammengekauert auf ihrem Bett saß. Die Müdigkeit fehlte ihr ein wenig, denn schlafend wäre die Zeit schneller vergangen. Irgendwann, als der Sturm bereits wieder nachließ, verfing sie sich in ihren eigenen Gedanken.

Was hatte ihre Familie getan, nachdem sie verschwunden war? Wahrscheinlich hatte der Fürst von Ährenberg ihrer Familie mitteilen lassen, dass sie wegen Interesse an Besessenheit vertrieben oder getötet wurde. Ersteres stimmte gewissermaßen.

Sonnenstrahlen rissen sie aus den Gedanken. Sie schüttelte den Kopf und richtete sich auf. Wahrscheinlich sollte sie nach Rael sehen, damit dieser nicht durchdrehte.

Abgesehen von Ästen, die der Sturm abgebrochen hatte, befand sich nichts und niemand auf den Straßen. Stille hatte sich über den Ort gelegt, alle waren ratlos und niedergeschlagen. Jotakas Blick wanderte über die Häuser, während sie abermals zum Wald schlurfte. Es dauerte nicht lange, da entdeckte sie Raels große Gestalt sitzend auf dem Baumstamm. Wie erwartet. Vorsichtig näherte sie sich, doch blieb dann mit etwa zwei Metern Sicherheitsabstand stehen.

»Rael«, sagte sie sanft.

»Eigentlich würde ich mich jetzt über dich aufregen, weil ich meine Ruhe haben will, wenn ich hier bin, aber dazu habe ich keine Kraft.«

Kaum merklich atmete sie erleichtert aus, trat näher und legte ihm von hinten eine Hand auf die Schulter. Dabei spürte sie den triefend nassen Schal, der an Raels Hals klebte.

»Du denkst ich bin kurz vorm Durchdrehen, oder?«

Raels Stimme klang noch immer schwach.

»Ich habe mir Sorgen gemacht, ja.«

»Silas' Tod überrascht mich nicht, Jotaka. Es ist kein Schock für mich, es kam nicht plötzlich. Er mochte den Sturz damals auf dem Schiff überstanden haben, doch die Schäden waren nicht ausgeblieben. Es ging ihm schon lange ziemlich schlecht und er begann deshalb, mich immer mehr in seine Tätigkeiten als Oberhaupt einzubinden.«

Er rückte an den Rand des Stumpfes und klopfte auffordernd auf die freigewordene Fläche. Jotaka zögerte kurz, doch setzte sich dann dicht an dicht an Rael. Sein Bein, welches ihres berührte, war klamm und kühl vom Regen.

»Ich hoffe du wirst nicht krank.«

Er schüttelte den Kopf.

»Weißt du, es ist seltsam, wenn er weg ist, auch wenn es nicht plötzlich war. In meinem Kopf schwirren lauter Gedanken an ihn herum. Lauter Dinge, die wir noch vorhatten. Schon seltsam, oder? Außerdem weiß ich nicht, ob ich seine Aufgaben übernehmen kann. Ich bin nicht der nette, stets offene Anführer. Ich bin kalt, geheimnisvoll und gruselig.«

Jotaka musste über diese selbstironische Erkenntnis lächeln, doch dann stieß sie ihren Ellenbogen in seine Rippen. Er zuckte zusammen.

»Du musst nicht Silas sein, um das Dorf zu führen. Du machst das schon auf deine Art.«

Endlich wandte Rael sich ihr zu.

»Du meinst das ernst, oder?«

Sie nickte bestimmend.

»Danke. Ich denke, du wärst eine gute Anführerin. Du verstehst die Leute und du hilfst gerne.«

Sagte er das gerade wirklich? Er lobte sie? Jotaka blinzelte ungläubig. Plötzlich stand Rael auf und klopfte seine nasse Kleidung ab. Die Trauer stand ihm trotz allem ins Gesicht geschrieben. Als Jotaka ebenfalls wieder stand, sprach er wieder mit fester Stimme: »Ich weiß, du hast nicht viel gemacht, aber dadurch ist mir trotzdem klar geworden, dass wir jetzt erst recht nicht schlappmachen dürfen.«

Unerwartet breitete er die Arme aus und drückte Jotaka für etwa zwei Sekunden an sich. Bevor sie realisierte, dass er sie umarmt hatte, war die Umarmung schon wieder vorbei.

Die folgenden Tage vergingen schleppend. Rael versprach vor allen Bewohnern des Dorfes, dass alles zunächst weitergehe wie zuvor. Außerdem bestatteten sie Silas im Wald, wo bereits andere Gräber verstorbener Dorfbewohner zu finden waren. Es war eine kurze Zeremonie und danach veranstaltete das Dorf ein gemeinsames Essen zu Silas' Ehren, bei dem Rael und Jotaka aber nicht länger blieben als es der Anstand forderte.

An jenem Abend saß Jotaka auf ihrem Bett und dachte über Raels Vergangenheit nach. Sie hatte bereits ihr Nachthemd an. Es klopfte und Raels Kopf schob sich durch die sich öffnende Tür.

»Du solltest warten, bis ich dich hereinbitte. Ich hätte nackt sein können«, meinte Jotaka und zog eine Grimasse. Rael zuckte undefinierbar mit den Schultern und ließ sich neben ihr aufs Bett fallen.

»Ich habe nachgedacht. Über Silas' Bitte nach Teldraal zu gehen. Wir sollten das nicht zu lange herauszögern. Da der erste Teil unserer Annäherung an die Menschen sehr gut verlief, wollen wir nun zu Schritt zwei übergehen. Wir wählen für jede Hauptstadt der Provinzen – mit Ausnahme von Ährenberg – ein paar Leute aus, die dann dort in die Stadt ziehen und sich offen zeigen. In ländliche Dörfer schicken wir hier und da mal jemanden hin.«

»Wir?«

»Ich dachte mir, du könntest mir dabei helfen. Wenn alles gut läuft, bleiben die Leute in den Städten wohnen und wir müssen dem ganzen nur noch Zeit lassen, bis wir überall voll akzeptiert werden. Das Wissen haben die Städter bereits, jetzt lernen sie auch bestimmte Personen kennen. Wir leben unter ihnen und ohne eine Gefahr darzustellen – Das wollen wir ihnen zeigen. Wir beide wiederum gehen zwar nach Teldraal, aber nicht, um dort zu wohnen, sondern nur so lange, bis ich mit meiner Vergangenheit im Reinen bin. Ich werde hier gebraucht.«

Jotaka lächelte ihn an.

»Hört sich doch gut an. Einverstanden. Du willst mich scheinbar doch dabeihaben.«

Sein Blick wanderte auf den Fußboden.

»Ich möchte dabei nicht allein sein. Ich habe Angst, entweder die Kontrolle zu verlieren oder mich vor wichtigen Sachen zu drücken.«

»Gerne komme ich mit.«

Rael bedankte sich, entschuldigte sich knapp für das Hereinplatzen in das Zimmer und verschwand auch wieder. Kaum war die Tür zugefallen, seufzte Jotaka auf. Rael konnte wirklich kompliziert sein.

Früh am nächsten Morgen wurde Jotaka aus ihrer nächtlichen Trance gerissen, als Rael an die Tür klopfte. Wider erwarten kam er jedoch nicht herein. Sie wartete einen Moment, bevor sie ihn hereinbat.

»Guten Morgen.«

»Guten Morgen, Rael.«

Sie setzte sich auf und streckte sich. Aus ihrer Schulter drang ein Knacken.

»Wir sollten uns bereitmachen alle zusammenzutrommeln, um schon heute mit Schritt zwei der Annäherung anzufangen. Mach, was du tun musst und komm dann in das Haupthaus.«

Den Begriff „Silas' Haus" hatte er absichtlich vermieden. Rael schloss die Tür wieder, ohne auf eine Antwort zu warten. Er griff sich etwas zu essen und verließ dann sein Haus. Ein seichter Wind brachte den frischen Geruch des Morgentaus mit sich. Ein schöner, lauwarmer Morgen. Ohne Silas.

Im Haupthaus angekommen, ordnete er zunächst die Stühle um die große Tafel wieder ordentlich an und holte dann aus einem Schrank im hinteren Teil des Raums die große Karte der ersten Mission hervor. Die Stecknadeln mit den beschrifteten Zetteln steckten noch immer bei den Hauptstädten der Provinzen. Unweigerlich wanderte sein Blick zu Regensheim, wo er seinen und Jotakas Namen las. Auf dem Rückweg war er geflohen wie ein Angsthase. Wenn er wirklich der Anführer dieses Dorfes, Anführer aller Verstärkten sein wollte, dann musste er unbedingt stärker werden. Nicht unbedingt körperlich, aber sein mentaler Zustand musste stabiler werden. Silas und Jotaka hatten recht, er würde dies nur schaffen, wenn er mit seiner Vergangenheit abschließen konnte.

»Verzeih mir, Schwester«, murmelte Rael traurig und strich mit einer knappen Handbewegung seinen Schal zurecht.

Er platzierte die Karte auf dem Tisch und steckte die Ecken mit weiteren Nadeln fest, sodass die Karte sich nicht erneut zusammenrollen konnte. Die Tür zum Haupthaus öffnete sich und schloss sich wieder. Aus dem Augenwinkel sah er bloß das feuerrote Haar. Jotaka lief zu ihm und blickte ihm über die Schulter.

»Ah, die Stecknadeln vom letzten Mal stecken noch!«

»Genau. Ich sehe auch aktuell keinen Grund, sie zu entfernen. Ich denke wir sollten primär versuchen, die Leute, die bereits in den jeweiligen Städten waren, auch dort einziehen zu lassen. Dann sind sie allesamt nicht komplett unbekannt. Vielleicht kennen sie auch bereits eine mögliche Anlaufstelle, wenn man eine Unterkunft haben möchte.«

»So wie Boris bei uns. Aber wir reisen ja nicht nochmal nach Regensheim.«

»Genau. Aber wir können denjenigen, die dorthin reisen, Boris als erste Kontaktperson empfehlen. Mehr müssen wir fürs Erste nicht planen, oder?«

Jotaka nickte ihm zu.

»Gut. Würdest du dir den Neuen, Vobor, schnappen und zusehen, dass ihr beiden die Bewohner zusammentrommelt?«

Kaum war sie wieder durch die Tür verschwunden, ließ Rael sich auf den Eichenholzstuhl hinter ihm fallen. Es knarrte kurz und die Lehne war nicht hoch genug, um seinen Kopf zu stützen, daher legte er seinen Hinterkopf darauf und starrte zur Decke.

Natürlich hätte er auch selbst die Leute zusammentrommeln können, doch hierzu fehlte ihm die Kraft. Er hatte eine schwere Entscheidung getroffen und musste sich nun zusammenreißen, um den Plan vor dem Dorf zu erklären. Zum Glück war er nicht so kompliziert.

Ein Bild schoss urplötzlich durch seinen Kopf. Ein junges Mädchen, blutgetränkt am Boden, an der Wand hinter ihr ein blutiger Abdruck, so als sei sie an ihr herabgerutscht. Nein, es sah nicht nur so aus, sie war es auch. Tot zusammengesackt. Kaum war das Bild verschwunden, schreckte Rael auf und blickte unwillkürlich auf seine Hände.

»Nein. Reiß dich zusammen. Da ist kein Blut an deinen Händen. Es ist nicht deine Schuld. Da ist kein Blut. Da ist kein Blut.«

Seine Faust krachte auf den Tisch. Einem normalen Menschen hätte die Kraft die Knochen gebrochen, doch Rael spürte nur ein schmerzhaftes Pochen, welches ihn in die Realität zurückbrachte.

Als Jotaka gemeinsam mit den ersten Bewohnern wieder hineinkam, setzte sie sich an seine Seite. Schnell zog er die Karte über die neu entstandene Kerbe im Tisch.

»Alles in Ordnung?«, raunte sie, »du hast wieder diesen Blick in den Augen, als müsstest du dringend weg.«

»Das möchte ich am liebsten auch. Ich habe wieder Bilder gesehen – aber diesmal muss ich stark bleiben.«

Sanft strich sie mit dem Handrücken über seine Schulter. Hoffentlich beruhigte es ihn ein wenig.

Einige Minuten später erhob sich Rael, woraufhin das allgemeine Gemurmel im Raum abebbte und dann gänzlich verstummte. Nur Jotaka konnte hören, wie er tief einatmete.

Die Ansprache dauerte nicht lange. Er rief sich selbst als vorübergehender Anführer des Dorfes aus, erklärte die weitere Durchführung des Plans und verkündete seine und Jotakas Abwesenheit. Während dieser Zeit sollten die Dorfältesten sich um wichtige Angelegenheiten kümmern. Ebenso stellte er die Neuankömmlinge vor. Es gab keine Einwände von den Bewohnern, als er danach fragte.

Eine Handvoll Leute blieben nach der Ansprache noch in der großen Halle. Die beiden Besessenen, welche nach Regensheim gehen und die beiden, welche sich in Teldraal niederlassen würden. Vobor blieb ebenfalls auf seinem Platz sitzen, auch wenn ohne ersichtlichen Grund.

Schnell hatten Rael und Jotaka den beiden zukünftigen Regensheim-Besuchern von der Hauptstadt der Provinz berichtet und auch den Gastwirt Boris als Mittelsmann vorgestellt, sodass diese dann ebenfalls die Halle verließen.

Die beiden Besessenen, die bei der ersten Mission in Teldraal aufgetreten waren, traten heran.

Bevor Rael auch nur etwas sagen konnte, meldete sich ein blonder Mann mit schulterlangem Haar zu Wort. Seine silbergelber enger Anzug schillerte bei jeder Bewegung und seine Stimme summte geradezu melodisch.

»Mich würde interessieren, wieso es dich gerade nach Teldraal schlägt, Rael. Wieso bist du nicht schon bei der ersten Mission dorthin gereist?«

Rael, der seinen Stuhl beiseitegeschoben hatte und mit der Hüfte an der Tischplatte lehnte, richtete sich zu voller Größe auf. Der blonde, dürre Mann war zwar ebenfalls groß, aber konnte nicht mithalten. Genervt blickte er seinen Anführer an.

»Du stellst immer die richtigen Fragen, Erz. Wirklich tolle Neugier.«

»Du gibst mir keine Antwort, oder? Irgendwas ist also in deiner Heimatstadt los. Wieso stellst du uns eigentlich nicht deiner Mitbewohnerin vor? Wir werden schließlich gemeinsam reisen.«

Erz blickte sich zu der Frau neben ihm um. Sie hatte müde Augen, dunkle Haut, schwarzes kurzes Haar und war nicht größer als 1,50m. Ihr Körper schien sehr schlank, allerdings trug sie sehr weite Kleidung in Dunkellila, sodass man ihre Statur nicht einschätzen konnte. Nachdem sie ihm zunickte, lachte Erz auf und stemmte die Hände in die Hüften.

»Sie ist nicht besonders gesprächig«, meinte er zu Jotaka, als wäre ihr dies noch nicht aufgefallen. Er lehnte sich zu ihr vor und zeigte die Zähne. Sein Grinsen verschwand, als Rael ihn an der Schulter zwei Schritte zurückschob.

»Ich bereue es schon, dass genau ihr nach Teldraal geschickt wurdet.«

Rael hielt einen Moment im Satz inne.

»Nein warte. Aphelia ist cool. Dass DU nach Teldraal geschickt wurdest, Erz.«

Sein Gegenüber verzog das Gesicht. Die kleine Frau zuckte entschuldigend mit den Schultern.

»Jedenfalls ist es jetzt zu spät für Reue. Jotaka, die beiden sind Erzhold – kurz Erz – und Aphelia. Er ist eine Blitz-Quelle und sie eine Natur-Infusion. Während sie wirklich effizient Gifte neutralisieren oder selbst über einen Dolch verabreichen kann, ist seine Elektrizität mehr ein Feuerwerk als wirklich von Nutzen. Außerdem sind die beiden seit drei Jahren verheiratet. Sie gehören zu den ältesten Bewohnern von Turva.«

Aphelia nickte mit einem angedeuteten Lächeln und auch Erz setzte ein Lächeln auf, nachdem er „ichbinnichtnureinFeuerwerk" geknurrt hatte.

»Ich bin Jotaka und ziemlich neu hier. Zurzeit wohne ich bei Rael und ich bin eine Eis-Infusion. Damit kann ich das Gemüt von Leuten beruhigen.«

»Passt ja prima zu Rael.«

Erz lachte laut auf. Es klang, als würde er die Tonleiter hoch und wieder runter lachen.

Rael ergriff wieder das Wort.

»Die Gründe für unsere Reise sind rein privat. Es trägt nicht unserer Mission bei. Teldraal war schon immer eine sehr offene Stadt für verstärkte Menschen, daher werdet ihr dort keine Probleme bekommen. Ich habe mit euch reden wollen, damit wir gemeinsam Reisen könnten.«

»Seit wann reist du mit mehr als deinem übergroßen Ego?«

Erzholds Kommentar wurde schlichtweg ignoriert.

»Es hat auch einen weiteren Grund. Ich möchte, dass ihr beiden uns den Rücken freihaltet, sollte etwas schieflaufen. Was Jotaka und ich tun werden, wird ein paar ortsansässige Gauner verärgern. Die normalen Bürger dürfen unter keinen Umständen hereingezogen werden. Du kannst sie ablenken mit einem Feuerwerk aus Blitzen und Aphelia kann mir helfen die Gauner zu plätten.«

Jotaka runzelte die Stirn.

»Und ich?«

»Du bleibst hinter mir, hältst mich unter Kontrolle. Kämpfe nicht.«

Sie atmete erleichtert auf.

»Also ist sie wirklich dafür da, um deine Kräfte einzuschränken?«, hechelte Erz aufgeregt.

»Ja.«

»Okay.«

Stille trat ein. Vobor, der immer noch in Raum saß, schob seinen Stuhl nach hinten und ging zur Tür.

»Na dann. Ruht euch aus und wir treffen uns morgen nach Sonnenaufgang vor der Halle.«

Der Riese bedeutete Jotaka, sich auf den Weg zu machen und schritt ihr dann hinterher.

10

»Er kommt gleich.«, begrüßte Aphelia sie monoton, als sie zu Rael und Jotaka vor der großen Halle stieß. Das schwarze, übergroße Hemd ging der kleinen Frau bis zu den Knien. Darunter trug sie scheinbar eine Art Lederrüstung.

»Lass mich raten, er muss sich noch hübsch machen?«, spottete Rael. Aphelia seufzte bloß. Sie selbst brauchte nicht lange, da sie keinen großen Wert auf ihr Aussehen legte. Erz wiederum musste immer herausstechen, ob es nun durch auffällige Kleidung, eine Frisur oder Schminke geschehen musste, war tagesabhängig. Vielleicht verstanden die beiden sich deshalb so gut, weil er auch in ihr Leben etwas Farbe brachte.

Eine geschlagene Viertelstunde später kreuzte auch Erzhold auf. Er trug denselben schillernden Anzug wie am Vortag, hatte jedoch seine Haare knapp über den Schultern mit Locken versehen und seine Augen mit einem dunklen Hauch Puder betont.

Jotaka konnte in Aphelias Augen sehen, dass ihr das Aussehen ihres Mannes gefiel, jedoch sagte die dunkle Frau nichts. Das hielt jedoch Erz nicht davon ab sich selbst zu loben.

»Ging heute total schnell, oder? Schaut doch mal, wie toll meine Haare wippen, wenn ich flott gehe!«

»Sieht gut aus«, meinte Jotaka lachend. Mit ihm wurde die Reise wohl nicht langweilig. Außerdem wollte sie kein schlechtes Bild von sich präsentieren.

»Du nervst, Erz«, knurrte Rael bloß.

Schon bald hatten sie Turva hinter sich gelassen und gingen zügig durch den Wald. Jotaka empfand das Reisetempo als wesentlich angenehmer als das Tempo, das Rael bei den anderen Reisen vorgegeben hatte. So konnte sie ihren Blick über die Umgebung schweifen lassen und den Duft des Waldes einatmen. Dass Rael schweigsame Phasen hatte, war nichts Neues, doch selbst, wenn Jotaka die Gruppe zum Stillstand brachte, da sie ein Eichhörnchen beobachten musste, kam kein genervter Kommentar von ihm. Regelmäßig zog er ein Ende seines Schals nach vorne und umklammerte es mit einer Hand.

Irgendwann ließ Erz, der gemeinsam mit Aphelia vorneweg gelaufen war, sich zurückfallen. Als er neben Rael und Jotaka angelangt war, ging er wieder schneller, damit er nicht noch weiter zurückfiel.

»Jetzt erzähl' schon, was für ein Hühnchen hast du mit den ortsansässigen Gaunern zu rupfen?«

»Ich sagte dir bereits, dass meine Gründe privat sind.«

Rael blickte ihn nicht einmal an.

»Jotaka, weißt du Bescheid? Erklär mal, was los ist!«

Sie atmete tief ein und meinte dann: »Es ist Raels Angelegenheit, und wenn er nicht darüber reden möchte, tue ich das auch nicht.«

»Hm. Verstehe. Ich möchte trotzdem mit ihm reden. Über das Dorf und so weiter. Wie wäre es, wenn du mit Aphelia redest? Sie langweilt sich sonst noch.«

Erz grinste breit und zwinkerte ihr zu. Fragend wanderte Jotakas Blick zu Rael, der ihr mit einem angedeuteten Lächeln zunickte. Schnell schloss sie zu der dunklen Frau auf – welche für ihre Körpergröße das Tempo sehr gut halten konnte – und ging neben ihr her.

»Sei froh deren Gequassel nicht anhören zu müssen.«

Aphelia drehte ihren Kopf zu ihr und zog einen Mundwinkel hoch. Jotaka legte den Kopf schief.

»Wieso?«

»Die beiden wirken zwar nicht so, aber sie verstehen sich echt gut. Ich würde zwar nicht sagen, dass sie Freunde sind, aber wenn sie anfangen zu reden, dann geht das eine ganze Weile so. Geht dann ganz schnell um das Ansehen der Besessenen.«

»Klar. Rael will das Ansehen verbessern und Erz möchte auffallen. Macht Sinn.«

»Aber lass uns nicht darüber reden. Erzähl lieber mal, wie du und Rael zueinander stehen. Es gibt schließlich schon Gerüchte im Dorf.«

Blut schoss in Jotakas Wangen und sie schob sofort eine Hand unwillkürlich in ihr Haar.

»I-Ich hätte dich gar nicht so eingeschätzt.«

»Nur weil ich nicht viel rede, heißt das nicht, dass ich nicht gerne zuhöre«, raunte Aphelia. Bald würde Jotakas Gesicht die Farbe ihrer Haare erreicht haben.

»W-Was d-denn f-für Gerüchte?«, stammelte sie.

»Keine Lust zu Erklären. Sag du mir lieber, wie es wirklich ist. Meine Lippen bleiben verschlossen. Wie gesagt, bin ein Zuhörer.«

Jotaka zögerte. Konnte sie dieser Frau vertrauen? Ihre müden Augen funkelten neugierig.

»Also eigentlich ist da nichts zwischen uns. Ja klar, wir verstehen uns gut und ich bin in der Lage sein Gemüt zu beruhigen. Das ist auch der Grund, warum ich noch immer bei ihm wohnen darf.«

»Hm. Fast schon enttäuschend.«

Schweigen trat für einen Moment ein. Vögel zwitscherten in den Bäumen, etwas raschelte im Unterholz und von hinten drangen die Stimmen der Männer als unverständliches Gebrabbel vor.

Plötzlich stieß Aphelia ihren Ellenbogen in Jotakas Seite. Diese zuckte zusammen und blickte sie erschrocken an.

»Wieso bist du vorhin eigentlich rot geworden? Ist es dir peinlich, wenn über dich geredet wird, oder steckt mehr dahinter?«

Konnte diese angeblich wortkarge Tratschtante die Sache nicht endlich ruhen lassen?

»Warum quetschst du mich so aus?«

»Weil ich neugierig bin und außerdem helfen möchte, falls es etwas gibt. Rael braucht eine Stütze im Leben. Jetzt wo Silas tot ist erst recht. Und falls dich etwas bedrückt, dann sollst du darüber reden können. Das mit den Gerüchten war ein Vorwand. Ich achte nicht auf Tratsch, daher weiß ich von nichts. Vielleicht rede ich deshalb oft so wenig, weil ich gut hinter die Fassade von Leuten blicken kann und je mehr Leute mit mir reden, desto mehr Informationen prasseln auf mich ein. Das alles bekam ich als Nebeneffekt meines Elementarpaktes. Jedenfalls helfe ich genauso gerne wie ich meine Ruhe habe. Mein Leben ist voller Gegensätze, angefangen mit meinem Mann.«

Jotaka blinzelte mehrfach. Einen solchen Wortschwall hatte sie nun wirklich nicht erwartet.

»Das ... ist überraschend.«

Belustigt schnaubte die kleine Frau auf.

»Okay, Aphelia. Ich rede. Was ich vorhin sagte stimmte alles. Mehr ist bei uns nicht. Allerdings fühle ich mich immer wohler bei ihm, auch wenn er einige Fehler hat. Ich glaube, ich habe mich in ihn verliebt.«

Den letzten Satz flüsterte sie nur noch. Dann seufzte sie.

»Klingt so.«

»Aber ich weiß auch, dass Rael aufgrund seiner Vergangenheit nicht in der Lage ist, zu lieben. Was genau der Grund dafür ist, weiß ich auch nicht, nur dass wir in Teldraal suchen müssen. Silas kannte den Grund, aber auch er redete nicht darüber.

Meinst du, ich kann darauf hoffen, dass der neugeborene Rael lieben kann?«

»Hm. Rael ist der einzige Mensch, hinter dessen Fassade ich nicht blicken kann. Er verschließt sich nämlich auch vor sich selbst. Ich kann ihn nicht einschätzen.«

Die Gruppe legte gegen Mittag eine kurze Pause ein und wanderte dann, bis die Sonne sich an den Horizont schmiegte. Der hügelige, karge Wegabschnitt bot kaum Deckung für einen Schlafplatz. Die Straße wirkte mehr wie ein Trampelpfad, denn auch er war nicht gerade und passte sich an das uralte Gestein an.

»Wie lange geht das noch so weiter?«, fragte Jotaka und sog Luft durch ihre geschlossenen Zähne ein. Ihre Beine pochten schmerzhaft aufgrund des permanenten Auf-und-Abs.

»Bei unserem Tempo … etwa zwei Stunden. Danach ist es nicht mehr weit nach Teldraal. Wir werden dann an der Küste entlanglaufen können. Das Meer glitzert immer so fabelhaft!«, schwärmte Erz lautstark. Wenn es nach ihm ginge, würden sie wohl die ganze Nacht durch laufen. Ihm ging auch nie die Energie aus, oder? Jotaka seufzte. Da die vier nun wieder alle in einer Gruppe liefen, konnte es jeder hören.

»Dann lasst uns lieber umkehren und unser Lager bei dem Wäldchen aufschlagen, wo wir vor einer Viertelstunde vorbeigekommen sind. Dort sind wir geschützter vor Wind und

Wetter«, meinte Rael kurzerhand und ging damit indirekt auf Jotakas Seufzer ein.

»Das ist sinnbefreit«, erwiderte Aphelia ruhig.

»Wenn wir noch über den nächsten Hügel klettern, können wir ein Stück querfeldein laufen. Dort-«

Erz schnitt ihre Worte ab und fuhr fort.

»Dort ist ein größerer Felsbrocken, der zumindest von einer Seite den Wind abschirmt. Das sollte klappen. Auf unserem Rückweg letztes Mal hatten wir dort Halt gemacht. Krass, oder?«

Keiner antwortete ihm, doch wie vorgeschlagen gingen sie bald vom Weg ab und kletterten über die unebene Steinwüste. Rael hatte aufgrund seiner Größe keinerlei Probleme und auch Aphelia stieg anmutig von Stein zu Stein. Erz wiederum stellte sich ziemlich ungelenk an und stolperte mehrere Male über lose Steine. Jotaka kam als letzte am Ziel an, da sie sich vorsichtig fortbewegte.

Der Felsbrocken war nach oben spitz gezackt und zudem sehr steil, aber immerhin schützte er vor Wind von einer Seite. Gemeinsam bauten sie ihr Lager auf. Erz und Aphelia platzierten ihre Schlafsäcke dicht beieinander, während Jotaka und Rael ihre Matratzen mit etwas Abstand zueinander ablegten.

»Du schläfst ja wirklich fest«, meinte Aphelia am nächsten Morgen und hob einen Mundwinkel an.

»Ich habe maximal eine Stunde geschlafen. Habe wohl die letzte Nacht genug Schlaf für die ganze Woche gehabt«, fügte sie belustigt hinzu. Sie stand vorübergebeugt dicht an Jotaka, welche noch immer auf ihrer Matratze lag und schlaftrunken blinzelte.

Die Frau ging ein paar Schritte weg, sodass Jotaka sich besser aufsetzen konnte. Sie zog eine nasse Strähne ihres Haars aus dem Mund und streckte sich dann.

»Interessant, dass deine Haare trotz ihrer Länge kein bisschen durcheinander sind.«

»Das war schon immer so. Wo sind Rael und dein Mann?«

Aphelia runzelte für einen Moment die Stirn.

»Uff. Rael sitzt oben auf dem Felsen, unter dem wir sind, und Erz versucht, ebenfalls dort hinauf zu klettern. Hoffentlich stürzt er nicht.«

Nachdem Jotaka ihre Kleidung gerichtet hatte, ging sie einige Meter vom Felsen weg, damit sie nach oben sehen konnte. Der Himmel war wolkenlos. Auf dem spitz zulaufenden, aber dennoch abgerundeten Felsen hatte Rael sich niedergelassen, wobei ein Bein angewinkelt war und eines flach auf dem Boden lag. Sein Blick war in die Ferne gerichtet.

Eine Zeit später hatten sich die vier Gefährten ein wenig gestärkt und waren wieder unterwegs. Da das Wetter sehr gut war, würden sie wider Erwarten bereits am späten Nachmittag in Teldraal eintreffen.

»Rael. Dein Plan, willst du ihn schon heute umsetzen?«, fragte Erz. Seine Neugier hatte noch immer nicht nachgelassen.

»Ich denke schon. Das sollte ich nicht zu lange aufschieben. Außerdem können wir den Schutz der Nacht nutzen, um vielleicht gar kein Aufsehen unter den Gaunern zu erregen. Dann können wir ein Blutvergießen vermeiden. Und wir brauchen kein Feuerwerk.«

»Ich kann ja trotzdem ein Feuerwerk für die Bürger machen«, schlug Erz sofort vor.

»Ich dachte, deine Fähigkeit ist „nicht nur ein Feuerwerk"?«

Jotakas Einwurf brachte den glitzernden Mann aus der Fassung.

»Was? Natürlich ist es das. Aber wenn ich mich schon drauf einstelle, *diesmal* nur ein Feuerwerk zu machen, dann möchte ich das auch durchführen. All die Blicke der Bürger. Voller Bewunderung!«

Seine Frau lachte bloß hinter ihm.

Die Sonne färbte sich allmählich orange, als die flachen Stadtmauern und das im Abendlicht strahlende Meer in Sicht kam. Hier herrschte ein stärkerer Wind, der den salzigen Geruch der See durch die Stadt trug. Fast die Hälfte aller Gebäude hatte man auf Stelzen im Wasser erbaut. Jotaka ließ sich zurückfallen und verlangsamte den Schritt, um durch die Obstbäume eines Feldes hindurch das Schauspiel des Lichts auf dem Wasser beobachten zu können. Auf den Wellen schaukelten in der Ferne mächtige

Segelschiffe, manche unterwegs, manche beim Eintreffen und wieder andere fest angelegt. Ährenberg war mit seiner von Minen, Wäldern und Bergen umringten Umgebung eher unfreundlich und kalt. Regensheim war eine nette Stadt, mit vielen Feldern und Hügeln gewesen. Doch Teldraal schien im Sonnenuntergang wie aus einer anderen Welt. Noch nie hatte Jotaka das Wasser so glitzern sehen. Sie schloss ihren Mund und stellte fest, dass sie nicht nur langsamer geworden war, sondern stehen geblieben war. Ihre Reisegefährten waren bereits ein ganzes Stück näher an der Stadt. Nach einem tiefen Atemzug, wandte sie sich wieder zum Weg und sprintete los. Es dauerte glücklicherweise nicht lange, bis sie zu den anderen aufgeschlossen hatte. Erz und Aphelia diskutierten noch immer darüber, in welches der beiden Gasthäuser sie zunächst gehen wollten. Eher gesagt quasselte Erz unaufhörlich, nur um dann ein scharfes „Nein" von seiner Frau entgegengebracht zu bekommen. Rael blickte schweigsam auf den Boden. Als sie sich neben zu ihm gesellte, sagte er ohne aufzublicken: »Ein schöner Anblick, nicht wahr?«

»Ja. Rael, darf ich dich etwas fragen?«

»Nur zu.«

»Wenn das alles hier vorbei ist, erklärst du mir dann, was damals vorgefallen ist? Ich kann ein Geheimnis wahren und dir tut es sicher gut, wenn du mit jemanden darüber reden kannst.«

»Ich werde es versuchen.«

Er hob den Kopf und sah sie an.

»Danke dir.«

11

Obwohl es dämmerte, als sie durch die Tore von Teldraal schritten, waren die dort platzierten Wächter deutlich weniger kritisch als die, denen Jotaka in Regensheim begegnet war. Die Wachen erkannten Erz sogar wieder, was ihn sehr freute. Schnell wurden sie durchgelassen.

»Sie haben mein fabelhaftes Aussehen wiedererkannt! Ich fühle mich zutiefst geschmeichelt!«, trällerte Erzhold vor sich hin.

»Oder es lag daran, dass du beim letzten Mal eine halbe Modenschau direkt vor ihren Augen aufführen musstest, als sie nach unseren Namen fragten.«

Aphelia verdrehte die Augen.

Es dauerte nicht lange, da hob Rael die Hand, womit er die Gruppe zum Anhalten bewegte. Sie standen nun an einer Wegkreuzung aus zwei gepflasterten Straßen. Hölzerne, flache und zum Teil windschiefe Häuser säumten den Weg, der allmählich bereits den Hang zum Meer hinabführte. Die große Hauptstraße vor ihnen führte weiter in ein belebtes Viertel, in dem Fackeln viele Lokale und Gaststätten beleuchteten. In einem der Gasthäuser hatten sie bei einer netten Wirtin bereits die Zimmer gebucht und ihr Gepäck zurückgelassen. Ein fast ebenso breiter Weg kreuzte die Hauptstraße. Auf der einen Seite führte dieser Weg in eine Wohnsiedlung, in der er sich weiter aufspaltete und gegenüber führte er in die Tiefe, bis er dann die Docks und die Lagerhallen des Hafens erreichte. Das Meer erstreckte sich bis zum Horizont und deutete eine gewisse Unendlichkeit an.

»Wir müssen hinunter zum Hafen. Erz, sollte dein Feuerwerk vonnöten sein, begibst du dich so schnell es geht genau hier her. Du lockst so die Leute von allen Richtungen an. Die Lagerhalle, in die ich mit Jotaka gehen werde, kann man von hier aus nicht sehen«, erklärte Rael.

»Aha! Eine Lagerhalle! Du willst etwas stehlen, was einst dir gehörte?«

Erz wurde von seiner Frau zum Schweigen gebracht, indem sie ihren Ellenbogen in seine Seite rammte.

»Kommt.«

Sie folgten Rael hinunter zu den Docks. Der Seewind wurde wieder stärker und auch der Geruch nach Fisch nahm zu, bis er fast schon unangenehm war. Ein permanentes Knarren und Schaben waren zu hören, da die hölzernen Schiffe an der Kaimauer rieben. Die Sonne berührte bereits den Horizont, sodass die Schiffe selbst nur noch große, schwarze Schemen waren. Einzelne Laternen hingen an dafür vorgesehenen Vorrichtungen, doch nicht alle waren entzündet. Eine Gruppe laut krakeelender Matrosen verließ ein großes Segelschiff und passierte die Besessenen auf ihrem Weg in die Stadt hinein. Der Wind nahm immer weiter zu, während Rael die anderen an den Schiffen vorbei zu den Lagerhallen führte. Dunkle Wolken erschienen vor der untergehenden Sonne.

»Mein Feuerwerk funktioniert zwar bei Regen, aber dann kommen viel weniger Leute zum Schauen!«, maulte Erzhold.

»Ist es nicht besser, wenn weniger Bewohner draußen unterwegs sind?«, entgegnete Jotaka.

Ihr Weg führte an den ersten Hallen aus Stahl und Stein vorbei und in eine schmale Gasse. Der Geruch von altem Fisch nahm zu, je weiter sie über das Gelände liefen. Als die letzte Lagerhalle, welche aus Holz statt Stein gebaut worden war, in Raels Blickfeld kam, hielt er abrupt inne. Wortlos starrte er an einer anderen Halle vorbei und den gepflasterten Weg entlang. Die Sonne war nun endgültig untergegangen und nur das schwache Licht des Mondes, der noch nicht von den Wolken verdeckt wurde, erhellte die Halle. Keine Laternen. Keine Fackeln. Der Ort wirkte verlassen. Dort, in dieser Halle, die kaum noch zur Stadt gehörte… Er schüttelte den Kopf. Jetzt war nicht die Zeit, um sich zu viele Gedanken zu machen.

»Dort gehen wir rein«, sagte er. Jotaka entging nicht, dass seine Stimme zitterte.

»Wir bleiben hier, richtig?«

Aphelia hatte sich bereits in einen dunklen Winkel zurückgezogen. Sie war trotz des Lichts der letzten Laterne des Weges kaum zu erkennen. Ihre Konturen zerflossen vor dem steinernen Hintergrund.

»Richtig. Falls andere Personen zur Halle gehen, folgt Aphelia ihnen unauffällig und Erz begibt sich an seinen Einsatzort. Das Feuerwerk kann starten, egal, ob wir kämpfen. Aphelia greift nur ein, wenn ich angreife, oder wir angegriffen werden. Ich möchte es möglichst vermeiden.«

»Alles klar.«

Bevor Erzhold ebenfalls etwas sagen konnte, zog seine Frau ihn zu ihr in den Schatten. Er war deutlich leichter zu erkennen – das Goldgewand war nicht gerade die optimale Kleidung für diesen Einsatz.

Rael stupste gegen Jotakas Schulter, damit diese ihm folgte. Schnell hatte er zwei Fackeln aus seiner Tasche hervorgezogen und an der Laterne entzündet. Stumm folgte sie ihm hinein in die Dunkelheit. Die bedrohlichen Wolken schoben sich immer weiter vor den Mond, sodass selbst das spärliche Licht immer weiter verschwand.

Da die Fackeln nicht sehr hell waren, beobachtete Jotaka schaudernd, wie die Hallen hinter ihr sich immer mehr in düstere Schatten, die nur noch von den Laternen am Leben gehalten wurden, verwandelten.

»Rael?«

»Still!«, zischte er und ging weiter. Das Mondlicht wurde von der schier unendlichen Wolkenmasse endgültig für den Rest der Nacht vernichtet. Je näher sie der einsamen Lagerhalle kamen, desto langsamer und leichter wurden Raels Schritte. Nie hätte Jotaka gedacht, dass dieser große Mann sich auch so leise bewegen konnte. Wurde er langsamer, da er sich sträubte, oder da er vorsichtig war? Schnell überwand sie die Distanz zwischen ihnen und ging neben Rael nebenher. Im Schein der Fackel sah sie Raels entschlossenes Gesicht. Er würde nicht davonlaufen. Nicht mehr. Seine Augen waren starr auf sein Ziel gerichtet. Doch Jotaka sah auch ein Glitzern auf seiner Wange. Einzelne Tränen rannen über sie hinweg, doch er schien sie entweder nicht zu bemerken oder hatte beschlossen, sie zu ignorieren.

Die wettergeprägte Halle hatte ein riesiges Eingangstor, dessen Rollen für die seitliche Bewegung schon vor langer Zeit abgebrochen sein mussten. Stattdessen steuerte Rael geradewegs auf eine in das Rolltor eingelassene Tür zu. Diese war im Gegensatz zum Rest der Massivholzhalle aus Metall gefertigt. Eine Kette mit Vorhängeschloss fixierte die Tür an Ort und Stelle.

Wortlos hielt der Riese seine Fackel vor das Gesicht seiner Partnerin, welche sie reflexartig ergriff. Dann nahm er das Schloss in eine Hand und streckte die Finger der anderen aus. Die Adern der Hand färbten sich im Fackelschein schwarz und ebenso entstand der Nebel – der Mitternachtswind – auf der Handfläche. Mit einer schnellen Bewegung schlug er die Handflächen aufeinander. Ein gedämpftes Knacken ertönte und das Schloss rieselte in kleinen Teilen zu Boden. Geschickt wickelte er die Kette ab und zog die Tür auf. Bevor er nun eintrat, hob er für einen Moment seinen Schal an, zog ihn vor den Mund und flüsterte etwas hinein. Jotaka, die noch immer wie ein Kerzenleuchter mit ihren zwei Fackeln herumstand, wurde um die eine erleichtert und folgte Rael ins Innere der Halle. Der Gestank nach Fisch fehlte auf merkwürdige Weise darin. Er wurde stattdessen durch einen öligen, metallischen Geruch abgelöst, der in der stehenden Luft vor sich hin waberte. Innerhalb der Halle waren nur ein paar alte Ruderboote zu sehen, die zum größten Teil durch schimmlige Teppiche oder Tücher abgedeckt waren.

Jotaka zog die Tür leise hinter sich zu. Die Flamme ihrer Fackel reagierte auf den letzten Windzug von draußen.

»So. Wir sind da«, sagte Rael langsam, um es sich selbst klar zu machen.

»Wo sind wir hier?«

»Dies ist das nicht so geheime Versteck einiger gestrandeter Piraten. In den Booten hier verbirgt sich einiges, was man lieber nicht sehen sollte. Waffen, Gifte, Drogen und sicherlich der ein oder andere Leichnam ihrer Feinde, bevor sie ihn bei Sturm ins Meer werfen. „Lassen wir es wie einen Unfall aussehen". Außerdem brennen und handeln sie hier mit günstigem Alkohol, der bei den Seefahrern sehr beliebt ist.«

Jotaka runzelte die Stirn.

»Wenn das doch bekannt ist, warum macht dann die Wache nichts dagegen?«

»Erstens mögen auch sie den Alkohol. Zweitens landen Leute, die zu viele Fragen stellen oder einen der Piraten festnehmen ziemlich schnell in einem dieser Boote. Die Piraten gehören irgendwie zur Stadt. Man meidet sie, außer man will ihren Alkohol oder ein paar andere Güter. Sie verhalten sich ansonsten auch weitestgehend friedlich.«

Rael zwängte sich zwischen zwei Booten hindurch und steuerte auf die hintere Wand zu. Die Neugier siegte in Jotakas Kopf, sodass sie trotz Warnung eine der Planen anhob, als sie ebenfalls an den Booten vorbeikam. Ein geschwungenes Beil aus Silber kam zum Vorschein. Schwarz getrocknetes Blut klebte an der Schneide der Waffe, unter der noch eine Menge anderer Klingen zu erkennen war. Schnell deckte Jotaka das Boot wieder zu und schloss zu Rael auf.

»Nicht aufdecken, sagte ich. Was, wenn du eine von Ratten zerfressene Leiche gefunden hättest?«

»Dann hätte ich eine von Ratten zerfressene Leiche gefunden.«

Rael seufzte. Zum Glück hatte er nicht gesehen, wie ihre Augen sich bei dem schrecklichen Gedanken geweitet hatten.

Die beiden passierten einen Tisch mit einigen gläsernen Apparaturen, die Jotaka so noch nie gesehen hatte. Dann erreichten sie die hintere Wand des Unterschlupfs. Raels Körper begann zu zittern, die Fackel fiel aus seiner Hand und erlosch am Boden. Er selbst fiel auf die Knie. Schniefend ließ er sich nach vorne kippen, fing sich aber mit den Ellenbogen. So, auf allen Vieren, heulte er nun los wie ein einsamer Wolf. Immer wieder schüttelte sich sein Körper erneut, während die Tränen auf den Boden tropften. Jotaka ging neben ihm in die Hocke und legte ihre Hand zwischen seine Schulterblätter und überlegte, ob sie ihn mit ihrer Fähigkeit beruhigen sollte.

»Nicht.«, schluchzte Rael, der ihre Gedanken geahnt hatte.

»Ich – Ich muss damit selbst fertig werden.«

Dennoch nahm Jotaka ihre Hand nicht von seinem Rücken und begann schon bald, sanft hin und her zu streicheln. Eine Weile verging. Der Wind pfiff immer stärker draußen und drang auch hier und da durch die alten Holzbretter der Halle. Plötzlich atmete Rael tief ein und stieß einen letzten Seufzer aus, bevor er sich aufsetzte.

»Ich möchte dir erzählen, was damals geschah«, sagte er mit fester Stimme.

12

Raels Leben war von Anfang an nicht dazu bestimmt gewesen, ein leichtes zu sein. Zwar erzählte er anderen gerne, dass seine Eltern kurz vor und bei seiner Geburt gestorben wären, doch das war schlicht eine Lüge. Durch Augenzeugenberichte erfuhr er erst im Nachhinein, dass seine Eltern – beides Piraten – sich nach der Schwangerschaft in Teldraal zur Ruhe setzen wollten, um ihr Kind großzuziehen. Doch das Schicksal bescherte ihnen Zwillinge. Dies passte den Piraten gar nicht in ihre Lebensplanung, sodass sie eines der Kinder loswerden wollten. Der anschließende Streit der Eltern darüber, welches Kind man dem Tod überließe, führte dazu, dass beide Säuglinge kurzerhand an die nächstbeste Straßenecke gelegt wurden. Man erzählte sich, dass der Streit dennoch weiterging und erst endete, als das Piratenpaar gemeinsam auf den Grund des Meeres sank. Die Frau, die dies beobachtet hatte, aber selbst zu arm für die Erziehung zweier Kinder war, benannte die beiden und verfrachtete sie in das Waisenhaus, in dem Rael und seine Zwillingsschwester Ria die ersten sechs Jahre ihres Lebens verbrachten. Bereits während dieser schweren Zeit hielten die beiden stets zusammen.

Der Rest von Raels Geschichte war keine Lüge, bloß Ria fehlte in seinen Erzählungen. Im Alter von sechs Jahren wurden sie beide vom frisch vom Schiff verwiesenen, verwundeten Silas aufgefunden, wurden durch den Hafen geführt und bereits am nächsten Tag adoptiert. Das Leben im Hafen war angenehmer und die Kinder halfen ihrem Adoptivvater gerne, der nun vom Kai aus angelte, um seinen Lebensunterhalt aufzubessern. Als Silas ihnen im Alter von 10 Jahren den wahren Grund für sein Überleben erläuterte und auch gleich seine Wasser-Quelle demonstrierte, war Ria genauso hin und weg wie Rael. Schockiert darüber, dass Besessene trotz dieser wunderhaften Kräfte dermaßen verachtet wurden, beschlossen die Zwillinge gemeinsam mit dem alten Mann, dass sie die Grundlage für eine bessere, vereinte Welt schaffen wollten.

Es dauerte zwei weitere Jahre, in denen Silas ihnen zum Stillschweigen riet und ständig aufs Neue erklären musste, welche Elementare es gab, bis er Ria und Rael an ihrem 12. Geburtstag in jene Schlucht mitnahm, in der Rael den Elementar des Mitternachtswindes in sich aufnahm. Ria war schneller und weniger wählerisch. Während Rael erst spät den Wind-Verstärker fand, hatte sie binnen weniger Minuten eine Wind-Quelle gefunden, mit deren Hilfe sie die sanfte Frühlingsbrise erschaffen konnte. Beim Warten auf Rael wurde ihr so kühl, dass Silas ihr einen grauen Schal umlegte. Diesen Schal würde Rael später erhalten.

Was dann vor der Gründung von Turva geschah, erfuhr nie jemand – außer die Überlebenden des Vorfalls.

Rael und Ria hatten ihre Kräfte erst seit zwei Wochen, als die Schmuggler, welche sich in dieser alten Lagerhalle versteckten,

Ria schnappten und sie mit in jene Halle zerrten. Diese Entführung war keineswegs wahllos, denn ein paar Tage zuvor hatten die Zwillinge sich Zugang in die verbotene Halle verschafft und wurden beim Verlassen beobachtet. Glücklicherweise waren sie gerade noch davongekommen, doch diese Entdeckungsreise zog die Entführung als Konsequenz mit sich. Rael, der sich schuldig fühlte, rannte den Schmugglern wutentbrannt durch die Stadt hinterher und zertrümmerte am Ziel die Tür zur Lagerhalle. Darin raste er zwischen den Booten voller Schmuggelware hindurch und stellte sich zwischen die Schmuggler und seine Schwester, bevor sie eine Abreibung für den Einbruch bekam. Die Schmuggler sahen eine Gefahr in dem vor Wut schnaubenden Zwölfjährigen, dessen Blutadern schwarz pochten und dessen Handflächen tödlichen Nebel absonderten. Das Dämmerlicht warf lange Schatten durch die undichten Stellen in der Mauer und spiegelte sich in den Messern, die von den fünf anwesenden Piraten gezogen wurden. Rael vergaß nie das Gesicht des einzigen Überlebenden: ein junger Mann, dem eine lange Narbe am Hals bis zum Scheitel entlanglief. Auf dieser Narbe wuchs kein Kopfhaar, sodass man sie gut sehen konnte. Ria, die eingeschüchtert hinter ihrem Bruder zurückwich, fand sich schnell mit dem Rücken an der Wand.

Der Kampf entbrannte. In blinder Wut schlug Rael nach den Schmugglern und tötete einen sofort durch einen seitlichen Treffer am Brustkorb. Die Rippen wurden zermalmt und die Überreste der Knochen ragten aus dem Brustkorb heraus, während der Mann zu Boden ging. Rael erlitt im Kampf einige Schnitte, doch das konnte ihn nicht bändigen. Brutal zerstieß er mit wahllos gezielten Schlägen und Druckwellen Boote, den Boden und Knochen seiner Gegner. Haut platzte auf, Blut wurde umhergeschleudert. Der junge Mann mit der Narbe erlitt einen Schlag gegen sein Schienbein, welches durch die Druckwelle von Raels Fähigkeit in der Mitte zertrümmert wurde. Er fiel nach hinten um und begann, nach hinten zu robben. Die Angst stand ihm ins Gesicht geschrieben. Rael stapfte auf den Mann zu, die Arme und die Schultern bereits in die Schwärze der Nacht gefärbt. Seine Augen waren ebenfalls nur noch schwarze Schlitze. Gerade wollte er dem letzten Feind den Todesstoß versetzen, als seine Hand von hinten gepackt wurde. In der Vermutung, dass es sich um einen weiteren Feind handelte, wirbelte Rael herum. Ria konnte gerade noch »Lass es, er hat bereits verloren!«, sagen, bevor Raels Handfläche mit ihrer Magengegend kollidierte. Die Druckwelle brach aus ihrem Rücken hervor und beförderte Blut an die Wand hinter ihr. Sie selbst konnte aufgrund ihres geringen Körpergewichts nicht auf den Füßen bleiben und flog ihrem Blut hinterher an die Wand. Ihr Genick brach durch den Aufprall. Sie musste nicht leiden. Wie in Zeitlupe rutschte sie die Wand hinunter, während Rael selbst auf die Knie fiel. Sein Blick verschwamm, während er auf seine blutbefleckten Hände starrte. Er hatte seiner Schwester den Tod gebracht.

13

»Was dann geschah, weiß ich nicht. Silas musste mich hier drinnen gefunden haben und brachte mich nach Hause. Ria hingegen vergrub er irgendwo. Er wollte mir nie ihr Grab zeigen. Mir blieb nur ihr Schal. Ich … ich konnte mir nie verzeihen, dass ich meinen Zorn nicht zügeln konnte. Die Angst vor mir selbst ist zu groß. Allein, dass du da bist, gibt mir die Sicherheit, dass ich nicht nochmal jemanden töte, der mir etwas bedeutet«, beendete Rael seine Erzählung und warf Jotaka einen dankbaren Blick zu. Sie hatte ein paar Tränen in den Augen.

»Die Atemprobleme sind nicht durch meinen Elementar ausgelöst. Das bin ich selbst, der sich vor dieser bösen Erinnerung schützen wollte. Immer, wenn meine Gedanken so abdrifteten, kamen die Probleme, um mich abzulenken. Ich hoffe, der heutige Tag ist der erste Schritt, um hiermit abzuschließen.«

Er wandte sich nach vorne zu Wand. Dort war das Holz noch immer leicht verfärbt.

»Entschuldige, Ria. Ich liebe dich, meine Schwester. Ich werde auf mich achten. Das hier ist Jotaka und sie hilft mir dabei. Außerdem erinnert sie mich ein wenig an dich.«

Jotaka lächelte.

»Hallo, Ria.«

Nach einigen Momenten der Stille richtete Rael sich auf und klopfte sich den Staub von den Knien. Jotaka stand ebenfalls auf und ließ ihre eingeschlafenen Füße kreisen. Plötzlich legte er seine Arme um sie und zog sie an sich. Unsanft landete ihr Gesicht an seiner Brust. Sie drehte ihren Kopf, sodass sie atmen konnte, und erwiderte die Umarmung mit einem Arm, immer darauf bedacht, die Fackel nicht an ihn zu drücken.

»Danke, dass du mir den Mut gegeben hast und auf mich aufpasst. Und danke fürs Zuhören.«

So plötzlich, wie er sie umarmt hatte, löste er sich auch wieder.

Sie räusperte sich und meinte dann: »Wir sollten gehen, bevor die Schmuggler aufkreuzen.«

Er nickte und hob seine Fackel auf. Einen Augenblick lang hielt er sie in die Flamme von Jotakas Fackel, bis sie sich entzündete. Gemeinsam schlängelten sie sich zwischen den Booten hindurch. Sie blickte Rael, der vor ihr ging, an und bekam das Gefühl, dass er eine große Bürde losgeworden war. Er würde ein guter Anführer für die Besessenen werden. Vor der Tür hob er stumm die Hand und hielt an. Verwundert blickte Jotaka ihn an. Rael bleckte die Zähne und formte lautlos mit den Lippen das Wort „Feinde". Dann deutete er nach draußen. Auf ein weiteres Handzeichen hin wich die unbewaffnete Jotaka ein paar Schritte zurück in den toten Winkel des Türrahmens.

»Wer ist da?«, sprach Rael laut, sobald sie sich versteckt hatte. Verwirrtes Gemurmel ertönte von draußen. Dann meldete sich eine hohe Männerstimme zu Wort.

»Wie hast du uns bemerkt?«

»Ihr stinkt«, knurrte der Riese. Jotaka roch nichts außer die stickige Halle. Draußen tobte der Wind.

»Wieso bist du zurückgekehrt? Hast du denn nichts gelernt?«, brüllte der Mann nun von draußen. Er schien sehr wütend.

»Hör auf Zeit zu schinden da draußen. Lasst mich passieren, und ihr könnt in eure ekelhafte Halle, als wäre nichts gewesen.«

Rael stellte sich breitbeinig vor der Tür auf und ließ die Schultern kreisen. Seine Fackel drückte er Jotaka in die Hand. Im gleichen Moment beobachtete sie zum ersten Mal, wie er Rias Schal abnahm und ihn ihr dann ebenfalls übergab.

»Das würde dir so passen, du Monsterabschaum. Besessenes Mistvieh! Du hast mein Bein verstümmelt!«

»Keine Ahnung wer du bist«

Nach dieser Lüge hob er die Hände. Er war kampfbereit.

»Hast du deine tote Freundin auch vergessen?«

»Lass mich durch, oder du und deine Leute werdet es bereuen.«

»Du kannst nicht 30 harte Männer töten. Wir fünf waren damals nicht bereit und außerdem ohne Erfahrung. Ich habe die besten Schläger der Stadt bei mir. Ergib dich, und ich werde dir einen schnellen Tod gewähren, Arschloch.«

»Dann wird's erst lustig«, spottete Rael und flüsterte dann noch zu Jotaka: »Halte mich rechtzeitig auf!«

Blitzschnell schlug er erst mit der einen Hand gegen die metallene Tür, welche aus ihren Angeln gerissen wurde und in ihrer Flugbahn einen der Schmuggler mitnahm, dann folgte der nächste Hieb direkt in das Gesicht des ihm am nächsten befindlichen Feindes. Die Inhalte des Schädels verabschiedeten sich in den stürmischen Wind. Eine Laterne fiel zu Boden. Das Öl entzündete sich und erzeugte düsteres Licht. Jotaka hörte Rael brüllen, Knochen brechen, Blut spritzen und Gewehre, die abgefeuert wurden. Vorsichtig spähte sie um den Türrahmen und sah, wie Rael im Licht der vielen Laternen der Schmuggler mit schwarzen Händen gezielte Treffer gegen seine Feinde landete. Die meisten waren sofort tot, andere konnten zunächst weiterkämpfen. Die Fackel in Jotakas Hand wurde vom Sturm gelöscht, was jedoch ihre Sicht nicht weiter einschränkte. Jede Laterne, die zu Boden fiel, verstärkte das zündelnde Feuer der ersten Laterne noch weiter.

Trotz seiner Größe huschte Rael flink umher und streckte einen Feind nach dem anderen nieder. Jeder Hieb löste eine dumpf hallende Schockwelle aus, die den Körpern schweren Schaden zufügte. Bald tauchte kaum erkennbar ein weiterer Schemen auf, der immer wieder in der Dunkelheit verschwand, nachdem er sein Gift per Infusion auf ihre Dolche und dann auf die Feinde übertragen hatten. Aphelias Opfer zuckten kurz, blickten verwirrt um sich und klappten dann kraftlos zusammen. In der Ferne begann Licht am Himmel aufzuleuchten und bunte Farben erhellten immer wieder für einen Augenblick die Gegend. Erzholds Feuerwerk hatte begonnen. Das Licht, welches er mit seinem Blitz-Quell in dem Himmel schoss, erhellte immer wieder die gesamte Umgebung und die düsteren Wolken. Gleichzeitig übertönten die knallenden Funken jegliche Kampfgeräusche.

Dann brachen die Wolken und ein starker Regen fiel. Der noch immer wachsende Wind peitschte die Tropfen gegen Jotaka, welche inzwischen komplett im Türrahmen stand. Aus Gewohnheit wischte sie sich die nassen Haare aus der Stirn. Diese hastige Bewegung führte dazu, dass einer der letzten Schmuggler auf sie aufmerksam wurde. Mit Machete in der Hand stürmte er auf sie zu, während sie in die Halle zurückwich, bis sie mit der Hüfte gegen ein Boot prallte. Verzweifelt hob sie die erloschene Fackel zur Abwehr und drückte sich den Schal an die Brust. Bevor der Mann in die Halle eindrang, packte eine große Hand ihn von der Seite, hob ihn in die Luft und schmetterte dann den Kopf mit dem Gesicht voran auf den steinernen Boden. Im gleichen Zug ertönte das dumpfe Geräusch von Raels Druckwelle. Der Kopf des Schmugglers wurde unschön verformt.

»Danke, Rael«, sagte Jotaka. Sie ließ die Fackel zu Boden gleiten. Ihr Herz raste noch immer. Sie war keine Kämpferin, aber vielleicht wäre sie in der Lage gewesen, den Angreifer mit ihrer Fähigkeit zu betäuben.

Erzholds Feuerwerk erhellte die Regenwolken am Himmel erneut, sodass sie für einen kurzen Moment Rael besser sehen konnte. Seine Arme waren vollkommen schwarz gefärbt und auch im Gesicht traten schwarze Adern hervor. Die Augen waren nur noch schwarze Steine. Doch was sie am meisten erschreckte, war sein Ausdruck. Die Augen waren weit aufgerissen, er hielt sich leicht gebückt und grinste bösartig, am Leid seiner Feinde ergötzend.

Als Aphelia aus einiger Distanz »Das war der letzte!« brüllte, schnaubte Rael auf und drehte sich zur Quelle der Stimme. Voller Angst, dass er Aphelia etwas antun könnte, stürzte Jotaka vor und berührte seine Flanke mit ihrer Handfläche. Reflexartig zuckte Rael angriffsbereit mit der Hand, schwarzer Nebel quoll hervor, doch dann benutzte sie ihren Elementar und seine Hand erschlaffte. Als jeder Muskel in seinem Körper zur Entspannung gefunden hatte, beendete Jotaka die Infusion, um ihn nicht erneut verblöden zu lassen. Für einen kurzen Moment taumelte er und suchte das Gleichgewicht, doch dann schüttelte er den Kopf und richtete sich wieder gerade auf.

»… Danke«, sagte er kraftlos.

»Ich hab's geschafft!«, freute sich Jotaka voller Stolz, dann bemerkte sie wieder, dass sie inzwischen auf die Knochen durchnässt war. Außerdem pustete der kalte Seewind sie fast um. Das Feuer der Laternen war erloschen, nur noch Erzholds Feuerwerk erhellte den Hafen von Zeit zu Zeit. So konnte sie auch einen Blick auf Raels mattes Lächeln erhaschen, bevor A-phelia bei ihnen eintraf.

»Ich weiß ja nicht, was das jetzt war, aber die sind jetzt alle hinüber. Wir müssen uns aber noch um die Leichen kümmern, bevor sie entdeckt werden. Das heißt: jetzt.«

Angeekelt wanderte Jotakas Blick auf die verformte Leiche dicht bei ihr. Musste sie das jetzt auch noch anfassen?

Rael legte eine Hand auf ihre Schulter. In der Dunkelheit konnte sie geradeso sehen, wie er den Kopf schüttelte.

»Jotaka, du hast niemanden getötet und es ist auch nicht deine Aufgabe, das hier aufzuräumen. Du sollst rein bleiben und dich nicht mit Blut beflecken. Es ist besser, wenn jemand unschuldiges das Band knüpft.«

»Was meinst du damit?«, fragte sie verwundert, doch Rael hatte sich bereits entfernt und mehrere leblose Körper aufgehoben. So stapfte er nun dem Waldrand entgegen.

»Und wo soll ich dann hin?«, rief sie ihm hinterher.

Aphelia bot die Antwort: »Geh' zu Erz und sag ihm, er kann mit dem Theater aufhören. Lass dich von ihm in ein Gasthaus bringen.«

Auch sie wuchtete eine Leiche auf ihre Schulter. Im Gehen sprach sie gerade laut genug, dass Jotaka es hörte.

»Ich habe gesehen, was du eben getan hast. Rael ist ein starker Kämpfer, aber er kann auch eine Gefahr für uns werden. Er hat dich rekrutiert, um ihn im Schach zu halten. Damit er funktioniert. Das machst du gut. Danke.«

Verwundert stand Jotaka noch einen Moment herum, bevor die Nässe immer unerträglicher wurde. Schnell machte sie sich alleine auf den Rückweg. Immer wieder erhellte ein Lichtblitz von Erzholds Feuerwerk ihren Weg. Ohne wäre es ihr schwerer gefallen, sich nicht zu verlaufen. Schon bald war sie glücklicherweise bei den anderen Lagern angelangt. Hier war sie ein wenig vor dem kalten Wind geschützt und außerdem brannten hier einige Laternen, welche den Weg erhellten. Im Hafen selbst erwischte der Sturm sie wieder vollkommen. Die großen Schiffe schaukelten hin und her, prallten gegen die Kaimauern und knarrten vor sich hin.

»Ein schauriger Ton für einen schaurigen Anblick«, dachte Jotaka und drückte Raels Schal wieder an sich. Sie war heilfroh, als die Straße sie hinaufführte, wo sie schon bald auf Erzhold stieß. Seine Goldene Kleidung war ebenfalls komplett durchnässt und auch seine schulterlange Frisur hatte keinerlei Volumen mehr. Er erinnerte an ein nasses Tier, das man im Regen hatte sitzen lassen. Erneut hob er eine Hand über seinen Kopf und ließ einen orangenen Blitz in den Himmel zucken, wo dieser in einen Lichtball explodierte. Als er Jotaka entdeckte, winkte er ihr freudig zu.

»Erz, wir sind fertig. Du kannst aufhören.«

Auf der Straße war niemand mehr zu sehen, aber aus den anliegenden Häusern guckten vereinzelt Menschen aus den Fenstern heraus.

»Aber. Fans«, keuchte Erz, was dazu führte, dass Jotaka die Stirn runzelte.

»Immer. Fähigkeit«, versuchte er zu erklären. Seine Stimme hörte sich an, als sei sein Hals staubtrocken.

»Wenn ich das richtig verstehe, ist das der Effekt, wenn du deinen Elementar viel einsetzt. Naja. Zeigst du mir bitte ein warmes Gasthaus?«

Während Jotaka und Erz zum Gasthaus schlurften und dort dann von der überfürsorglichen Wirtin erschrocken mit zu vielen Handtüchern, Decken und heißen Getränken auf ihre Zimmer verfrachtet wurden, stapften Rael und Aphelia wiederholt durch den Wald. Der bemooste Boden war glitschig, sodass sie nicht so schnell vorankommen konnten, wie sie es gerne getan hätten. Erneut kamen sie an der Grube an, welche Rael in den Boden gesprengt hatte und warfen weitere Überreste hinein. Das Blut aus den Leichen wurde von der Kleidung aufgesaugt. Zum Glück spülte der Regen einen Teil sofort wieder heraus, aber die Kleidung der beiden würde dennoch unbrauchbar werden. Der große Mann war heilfroh, den Schal ausgezogen zu haben, um ihn nicht zu beflecken.

»Hättest denen ja auch mal nicht die Schädel zertrümmern müssen. Es reicht, wenn du ihnen die Knochen brichst. Dann fließt das Blut nicht nach draußen«, beschwerte sich Aphelia. Alle Schmuggler, die sie getötet hatte, bluteten nicht, sodass sie bislang nur diese getragen hatte. Jetzt waren aber nur noch Raels Opfer übrig, sodass auch ihre Kleidung nicht verschont blieb.

»Hm. Ist doch nur Kleidung. Meinen Körper kann ich abwaschen.«, erwiderte Rael und zuckte mit den Schultern. Sie machten sich auf den Rückweg, um die letzten Leichen in die Grube zu werfen. Der Regen würde die Blutspuren auf dem Boden verwaschen. Immerhin mussten sie sich nicht auch noch darum kümmern.

Als sie ihre Aufgabe endlich erledigt hatten und durch den Hafen schritten, hielt Rael inne und blickte hinaus in den Sturm. Regen peitschte in sein Gesicht.

»Wir müssen die blutige Kleidung loswerden«, sagte er.

»Aha.«

Kurzerhand zog er sein Oberteil aus und warf es in das Hafenbecken, wo es in den tobenden Wellen unterging. Im Schein einer Laterne begutachtete er seinen Körper. Trotz Regen waren Blutspuren zu erkennen. Seine Hose war nur am Bund mit Blut, dass am Oberkörper heruntergeflossen war, verschmiert. Sie konnte er also noch tragen. Ohne lange nachzudenken sprang er in das Hafenbecken, in dem er eben noch sein Oberteil versenkt hatte. Schwimmend schrubbte er sich in den tosenden Wellen mit seinen Händen sauber, während Aphelia ihn ausdruckslos anstarrte. Sie selbst zog auch ihr weites Oberteil aus und versenkte es knapp neben Rael im Meer. Die enganliegende, maßgeschneiderte Ledergarnitur kam zum Vorschein.

»Ich weiß noch immer nicht, warum du den anderen Lappen da trägst«, meinte Rael, griff nach der Kaimauer und stemmte sich an ihr empor. Nasser und sauberer als vorher war er nicht, aber immerhin war er nicht mehr blutbefleckt..

Aphelia ignorierte seinen Kommentar und begann wortlos den Rückweg.

14

Die Mission war erfolgreich abgeschlossen und auch der Regen war versiegt. Wind und Sonne begleiteten die Rückreise von Rael und Jotaka, welche so reibungslos verlief, dass keiner der beiden ahnen konnte, welcher Schrecken sie am Ende erwartete.

Erzhold war enttäuscht über die frühe Abreise der beiden gewesen. Er hatte seine Haare übertrieben zurechtgemacht, als wollte er nach dem Regen der Nacht umso mehr auffallen. Aphelia war größtenteils still geblieben, wünschte den Abreisenden aber viel Erfolg.

Jotakas Kleidung war über Nacht getrocknet und auch Rael hatte irgendwoher ein Shirt gefunden, dem er die Ärmel abgerissen hatte. Natürlich hatte er auch wieder den grauen Schal umgewickelt.

Der erste Tag der Rückreise war so voller Sonne, dass man den Sturm der letzten Nacht fast vergaß, wenn die heruntergefallenen Äste nicht an ihn erinnern würden. Schnell war der zweite Tag angebrochen.

Zufrieden summend ging Rael zügig voran, und auch Jotaka war schon lange von seiner Zufriedenheit angesteckt worden. Ihr Herz fühlte sich ganz leicht an in dem Wissen, dass Rael seines hatte beruhigen können. In wenigen Stunden würden sie ihre Heimat Turva erreichen und von dort aus die

Kennenlernmission weiter koordinieren. Bislang war alles ein voller Erfolg. Das einzige Problem war die Vorgehensweise bezüglich der Stadt Ährenberg, in der Besessene noch immer mit sofortigem Tod verurteilt wurden.

Eben jene Bewohner der Stadt und ihre Gesinnung sollte auch Raels Laune an diesem Tag ruinieren. Kaum erblickten sie die ersten Dächer – oder das was von ihnen übrig war –, brüllte Rael auf und rannte blitzschnell voran. Jotaka starrte einen Moment fassungslos auf die schwach glimmenden hölzernen Überreste, bevor auch sie losstürmte. Als sie in Turva angelangt war, drehte sie sich mit aufgerissenen Augen um die eigene Achse. Sämtliche Häuser waren eingestürzt und verkohlt von den Flammen, die hier gewütet hatten. Glücklicherweise hatte der umliegende Wald fast gar nichts vom Feuer abbekommen. Der Wind musste günstig gestanden haben.

Zerbrochene Holzbalken lagen auf den Wegen, Waffen steckten im Boden und einige Leichen, die zum Teil ebenfalls verkohlt waren, rundeten den grausamen Anblick ab. Wie in einem Traum, fernab von der Wirklichkeit, schlurfte Jotaka zu dem Ort, an dem sie noch für sechs Tagen gelebt hatte. Von Raels Hütte war nicht viel zurückgeblieben. Das Dach existierte nicht mehr, die einst stützenden Balken hatten die Wände eingerissen und das Feuer hatte den Großteil des Holzes zu Asche verwandelt. Sie erkannte die steinerne Feuerstelle und die Einzelteile ihres Spiegels, aber man sah eindeutig, dass man die Trümmer nicht mehr zu durchwühlen brauchte. Einen Blick zur

Seite später wusste sie, dass die große Halle in einem noch schlimmeren Zustand war. Hier war nur noch schwarze Asche übrig, die alten Grundrisse waren kaum noch zu erahnen.

Mit bebenden Schritten kam Rael angerast. Er blieb vor ihr stehen und begann direkt zu reden.

»Alles ist kaputt. Wir müssen herausfinden, wer das getan hat, und dann werde ich … werde ich …«

Bevor seine Atmung sich noch mehr beschleunigte, legte Jotaka ihre Hand auf seinen Oberarm und kühlte Rael ein wenig ab, auch wenn ihr selbst keineswegs nach Ruhe war.

»Danke«, sagte er grimmig. In ihm kochte noch immer der Zorn.

»S-Schon o-okay«, stammelte sie, dann sammelte sie sich und meinte: »Hast du schon nach Überlebenden geguckt? Vielleicht konnte jemand entkommen oder liegt bloß bewusstlos am Boden?«

»Noch nicht. Aber woher sollen wir wissen, ob der Feind nicht noch in der Nähe lauert? Wenn wir zu auffällig sind, könnten sie wiederkehren.«

»Denk doch mal nach, Rael. Die Brände sind schon bestimmt seit gestern erloschen. Der Feind ist nicht mehr hier.«

Er nickte knapp.

»Teilen wir uns auf und suchen nach Überlebenden? Es könnte natürlich auch sein, dass sie sich im Wald aufhalten.«

»… oder gefangen wurden.«

So trennten sich die beiden, um durch das vernichtete Dorf zu streifen. Immer wieder trat Jotaka an einen Körper heran, ging in die Hocke und streckte vorsichtig ihre Finger nach dem Hals der Person aus. Kalte, aufgedunsene Haut war alles, was sie spürte. Der Regen hatte die Leiche bereits entstellt. Immerhin war diese nicht verbrannt. So sehr sie sich bemühte, nicht in die Gesichter der Toten zu blicken, es passierte dennoch. Ein paar erkannte sie von den Versammlungen in der Großen Halle. Sie passierte die Bar, welche ebenfalls nur noch eine traurige Ruine war, und stieß dann auf Rael. Auf ihren fragenden Blick antwortete er zuerst mit einem Kopfschütteln. Als sie näher beieinanderstanden, erweiterte er seine Antwort.

»Alle, die hier liegen, sind tot. Aber es sind bei Weitem zu wenige, was heißt, dass es Überlebende gibt oder sie woanders starben.«

»Das ist so grausam. Wer tut denn sowas?«

»Wer so etwas tut? Das kannst du dir denken. Außerdem: Hast du unter den Toten nur Besessene gesehen? Manche waren normale Menschen. Sie trugen Kettenhemden mit einem roten Wappen«, knurrte Rael. Hass erfüllte seinen Blick, aber sein Körper blieb ruhig.

Jotaka faltete die Hände und starrte zu Boden. Vor ihrem geistigen Auge blitzte ein Bild auf, wie sie einen der Toten inspizierte. Ja, sie hatte das Wappen gesehen, aber nicht erkannt, obwohl sie Jahrelang in dieser Stadt gelebt hatte.

»Soldaten aus Ährenberg!«

Er nickte ihr zu.

»Korrekt.«

Ein Pfahl, der plötzlich unweit von ihnen ein Stück durch die Gegend rollte, unterbrach ihr Gespräch. Kampfbereit richtete Rael sich auf und richtete seinen Blick auf den Jungen, der hinter einer Ruine hervorgestolpert war. Vobor zuckte zusammen und wollte wieder hinter seine Deckung kriechen, doch Rael schloss zu ihm auf, packte ihn im Nacken und trug ihn am ausgestreckten Arm baumelnd zu Jotaka. Dort ließ er ihn fallen und verschränkte dann die Arme. Vobor machte sich keine Mühe aufzustehen, sondern blieb mit ausgestreckten Beinen sitzen.

»Ich wäre tot, wenn es die Ährenberger gewesen wären und nicht ihr, oder?«, quäkte er. Der Riese nickte so knapp es ging.

»Bist du der einzige Überlebende?«, fragte Jotaka und ging in die Hocke, um besser mit dem verschreckten Jungen reden zu können.

»Pass auf. Wer sagt uns, dass er kein Spion ist? Er ist noch immer 100% menschlich«, warf Rael ein.

Der Junge heulte ängstlich auf und brachte dann gerade so hervor: »Einige von uns konnten vor den Soldaten in den Wald fliehen, als sie vor zwei Tagen im Abendrot unser Dorf angriffen.«

»Wohin genau konntet ihr fliehen?«, fragte Jotaka.

»Zu dem großen Baumstumpf.«

Wortlos packte Rael den Jungen erneut am Hals. Doch diesmal schob er ihn vor sich her, ohne den Griff zu lockern. Vobors Blut staute sich ein wenig, doch er kämpfte nicht dagegen an. Für einen Moment wollte Jotaka eingreifen, da sie um das Leben des Jungen fürchtete, doch sie entschied sich, sich bloß bereitzuhalten.

Schnell hatte Rael Vobor in den Wald geschoben. Leise Stimmen drangen zu ihnen durch. Jotaka sah ein paar bekannte Gesichter aus dem Dorf, welche nun um den Baumstumpf herum an die Bäume gelehnt auf dem Boden saßen. Die meisten hatten sich in Decken gewickelt und einige schliefen sogar. Verbände waren in diesem mehr als nur notdürftigen Lager ein häufiger Anblick. Eine Frau entdeckte die Neuankömmlinge und rief: »Rael ist zurück!«

Wie ein Lauffeuer schreckten immer mehr Besessene hoch und starrten ihren Anführer an, als könnte er sie aus diesem Traum aufwecken. Mehrere Leute standen auf und sofort prasselten die Informationen über den Angriff nur so auf Rael und Jotaka ein.

Ein Späher aus Ährenberg musste Turva, das Dorf der Besessenen, schon vor einigen Wochen gefunden haben, denn der Angriff schien gut geplant. Alles geschah vor zwei Tagen, kurz bevor ein Sturm über das Land kam. Die Wachposten waren faul geworden und hatten die angreifende Truppe nicht gesehen. Im Schutze der Dunkelheit, als nur wenige auf den

Schotterwegen des Dorfes unterwegs waren, zischten brennende Pfeile auf die Häuser, welche diese und einige Bäume in Brand steckten. Während Turva im Chaos der Flammen versank, stürmte die etwa 300 Mann starke Truppe der Ährenberger Soldaten das 300-Einwohner-Dorf, welches aber zu jenem Zeitpunkt etwa die Hälfte der Bevölkerung beherbergte. Bekleidet mit Kettenpanzern und mit verhüllten Gesichtern gegen den Rauch nutzten sie die Flammen als Deckung, um mit einem vernichtenden Ansturm jeden zu töten, der versuchte, vor dem Feuer zu fliehen. Es dauerte, bis die Besessenen erkannten, dass es sich um einen Angriff handelte und ein Kampf entbrannte. Die Besessenen waren zwar meist stärker, aber in Unterzahl und zudem unvorbereitet und geschwächt. Erst als die Flammen eine unausstehliche Hitze ausstrahlten und die Anzahl der Überlebenden enorm dezimiert war, zogen sich die angreifenden Soldaten zurück und verschwanden.

Die 47 Überlebenden des Dorfes sammelten sich, zogen sich in den Wald zurück und verarzteten dort die Verwundeten. Fünf von ihnen erlagen dennoch ihren Verletzungen.

Dann kam der Sturm, der von der Nordküste über das Land raste, die Flammen überflutete und somit den Wald rettete, weshalb die Überlebenden nicht sofort weiterziehen mussten, um dem Feuer zu entkommen. In das Dorf traute sich dennoch niemand.

Schließlich stieg Rael auf seinen Baumstumpf und begann mit finsterer Miene zu reden.

»Liebe Elementarmenschen, die diesen Schrecken überlebt haben, es tut mir von Herzen leid, dass ich in dieser Zeit nicht anwesend sein konnte. Ich bin zwar nur ein vorübergehender Anführer, aber hätte dennoch da sein müssen. Trotz dieser Umstände frage ich euch: Möchtet ihr mir weiterhin folgen? Darf ich euer rechtmäßiger Anführer sein?«

Einige nickten, andere riefen »ja«. Jotaka selbst rief energetisch: »Ja, ich folge dir!«

Dies führte dazu, dass viele andere ihren Ausruf wiederholten. Immer wieder.

»Ich folge!«

»Ich folge!«

»Ja!«

Rael drehte seinen Kopf zu Jotaka und nickte ihr dankbar zu. Dann fuhr er fort.

»Auch wenn das Dorf nicht mehr steht, auch wenn wir so viele Schwestern und Brüder verloren haben, so geben wir nicht auf. Ich werde nicht ruhen, bevor wir diesen Rückschlag, dieses feige Manöver zurückgezahlt haben! Wir Besessenen kämpften für Akzeptanz, doch die Ährenberger traten uns mit Füßen. Wir können so nicht koexistieren. Einer muss fallen, und das sind nicht wir!«

Die Menge johlte auf, ein paar reckten sogar die Fäuste in die Höhe. Die Moral war sichtlich gestiegen.

»Wir haben eine Truppenstärke von 44 Mann, wenn wir unsere Leute aus den acht Provinzen zurückrufen, dann sind wir bei genau 60. Wer nicht kämpfen kann oder möchte, darf zurückbleiben. Wir stehen dem stärksten Militär des Landes gegenüber und wenn nur irgendwie möglich, so möchten wir keine Zivilisten töten. Um diese scheinbar aussichtslose Situation umzukehren, benötigen wir einen Schlachtplan. Wir haben Insiderwissen über Ährenberg in unseren Reihen. In diesem Zuge ernenne ich meine Stellvertreterin als Anführer: Jotaka!«

Rael deutete auf die rothaarige Frau, welche sich zunächst verwirrt um die eigene Achse drehte, als meinte er sie gar nicht. Dann verschwand die Verwirrung aus ihrem Gesicht und sie trat näher an den Anführer heran. Unsicher huschten ihre Augen über die anderen. Fragende und missbilligende Blicke waren zu sehen. Mit aller Kraft widerstand sie dem Drang, an einer Haarsträhne zu spielen.

»Manche von euch werden nicht ganz einverstanden sein mit dieser Entscheidung. Aber ich sehe in ihr ein Potenzial, dass mir fehlt. Silas mag ein geeigneter Anführer in einer unsicheren Zeit, in einer Zeit des Aufbaus, gewesen sein. Ich mag ein geeigneter Anführer für die Erweiterung unseres Einflusses und für diesen Krieg sein. Doch keiner ist so geeignet für eine Zeit des Friedens wie Jotaka. Ihre Fähigkeit beruhigt andere und an ihren eigenen Händen klebt kein einziger Tropfen Blut. Die Menschen können uns nicht vertrauen, wenn wir unter meiner Führung ein Blutbad in Ährenberg anrichten und ich auch danach noch das

Gesicht unserer Art bleibe. Die Zivilisten sollen nicht unser Ziel sein, wenn möglich. Die anderen Provinzen vertrauen uns allmählich, das dürfen wir nicht aufs Spiel setzen. Wir besiegen Ährenberg und mit Jotaka an unserer Spitze werden wir das Vertrauen der anderen halten können. Danke.«

Rael trat vom Baumstumpf herab und legte Jotaka eine Hand auf die Schulter. Sie lächelte unbeholfen in die Menge, während ihre Hand sich den Weg zu ihren Haaren bahnte. Schnell griff sie eine Strähne und spielte daran herum.

»Das meinst du nicht ernst, oder?«, zischte sie ihm zu.

»Doch, klar.«

»Ich bin doch so neu, nicht so stark und außerdem unbekannt.«

»Genau. Darum geht es ja auch.«

Sie zog eine Grimasse.

»Ich bin ungeeignet als Anführerin.«

»Das glaube ich nicht. Ich weiß, ich schubse dich quasi ein wenig herum, aber du musstest auch vieles erst kennen lernen. Wenn du selbst mich unter Kontrolle hast, dann hast du sicher genug Autorität um uns zu leiten. Du sollst nicht kämpfen müssen. Deine Aufgabe ist das Beruhigen und die Diplomatie.«

Sie seufzte. Das war alles zu viel für sie. Konnte sie wirklich jemand sein, dem andere vertrauten und folgten?

15

So kam es, dass der Anführer und seine neue Stellvertreterin sich an den Baumstumpf setzten, wo Rael endlich das Reisegepäck von seinen Schultern zog und seine Karte von Jormund ausbreitete.

»Wir haben jeweils zwei gute Leute in jeder der Provinzhauptstädte. Diese sollten wir für den Angriff zurückholen«, begann Jotaka, nachdem er sie auffordernd angeblickt hatte.

»Richtig. Dafür müssen wir Boten losschicken.«

Schnell hatten sie acht Überlebende gefunden, die körperlich fast unversehrt waren und sich schnellstmöglich auf den Weg in die Städte machten. Vobor, der noch immer ein Mensch war, bestand darauf, ebenfalls einen dieser Botengänge zu unternehmen, deshalb wurde er für die kürzeste Strecke ausgewählt. Nur mit einer Wasserflasche und der Botschaft im Kopf liefen die Acht los.

»So. Jetzt wirst du umso wichtiger für uns«, verkündete Rael, nachdem der letzte Bote aus der Sichtweite war.

»Ja?«

Jotaka bemühte sich, wichtig zu klingen, was ihr aber nicht ganz gelang. Rael ignorierte diesen Versuch.

»Du hast dein ganzes Leben in Ährenberg verbracht. Hoffentlich kennst du den Grundriss einigermaßen.«

Das tat sie. Sie begann die Stadtmauern Ährenbergs auf die Rückseite von Raels Karte zu zeichnen. Allmählich erschienen auch die großen Straßen und die wichtigsten Gebäude. Nahe beim Zentrum befanden sich mehrere große Waffenschmieden und daneben, dicht an dicht, die Kasernen der Ährenberger Armee, welche etwa 300 Mann zählte. Direkt im Zentrum selbst stand die Villa des Fürsten, umringt von hohen Zäunen und Bäumen.

»Dort müssen wir rein und den Fürsten erledigen. Sein Fall sollte der Bevölkerung gefallen, denn er ist nicht beliebt. Das wäre der erste Schritt, um die Zivilisten auf unsere Seite zu ziehen. Allerdings sind die Soldaten ihm größtenteils treu ergeben. Sie beuten die Bevölkerung aus. Ekelhaft«, erklärte Jotaka. Rael nickte und verschränkte die Arme.

»Das heißt, wir können die Zivilisten größtenteils in Ruhe lassen. Das ist gut. Dann bleiben über 3000 Leute am Leben. Wäre auch fast unmöglich gewesen, sie alle zu töten.«

Jotaka freute sich, dass ihre Erklärungen verstanden wurden und fuhr fort: »Die Mauern sind sehr dick, und die Eingänge im Norden und Süden sind am Boden und auf der Mauer stark bewacht. Wenn wir dort angreifen, werden wir mit heißem Öl und Pfeilen von oben rechnen müssen.«

»Hört sich schlecht an.«

»Willst du damit sagen, du kannst die Mauer nicht zertrümmern?«

Sie legte den Kopf schief und streckte die Zunge heraus. Provoziert schnaubte Rael bloß.

»Das kannst du glauben, dass ich die verdammte Mauer in Stücke reiße.«

»Haha! Also gut, dann würde ich empfehlen, über den westlichen Wald anzugreifen, und zwar bei Sonnenuntergang. So blendet die untergehende Sonne die Wächter auf der Mauer und der Wald gibt uns zusätzliche Deckung. Du zerschmetterst die Mauer und ermöglichst so den Eintritt. Hier ...«

Sie deutete auf eine Stellte nahe der Mauer.

»... führt eine Leiter hinauf auf die Mauer. Ein paar unserer Leute sollten sich dort hinaufbegeben, um die Bogenschützen und Ballisten, die auf der Mauer stationiert sind, auszuschalten. Ansonsten müssen wir unter ständigem Beschuss voranschreiten. Der Rest unserer Truppe stürmt so schnell es geht diese Hauptstraße entlang – an unserem Haus vorbei – zu den Waffenschmieden und Kasernen. Die Schmieden sollten wir einstürzen lassen, damit sich die Soldaten keinen Waffennachschub aus den Lagern der Schmieden holen können und damit tollwütige Zivilisten sich nicht bewaffnen können. In die Kasernen sollten wir nicht sofort eindringen, sondern die Soldaten auf dem Vorplatz bekämpfen. Wenn wir uns hier an dieser – dann eingestürzten – Schmiede halten, können wir nicht in einen Zangenangriff geraten. Erst wenn wir die Haupttruppe besiegt haben, sollten wir in die Kasernen eindringen, und gefangen nehmen, wer sich ergibt. Je nach Lage des Kampfes könntest du dich vorher schon entfernen und in die Villa des Fürsten eindringen. Töte ihn, wenn möglich nicht sofort. Präsentiere ihn auf dem Balkon und lass Erzhold darauf aufmerksam machen. So ziehen wir die Aufmerksamkeit der Zivilisten auf uns.«

»Ich töte also den Fürsten. Und wo bist du die ganze Zeit über? Ich hoffe, nah bei mir. Sonst kann ich dich nicht beschützen«, erwiderte Rael.

»Natürlich«, sagte Jotaka selbstsicher. »Und ich kann dich nicht abkühlen, wenn es zu viel wird.«

Rael lachte auf und klopfte ihr freundschaftlich auf die Schulter.

»Ich sag' ja, man muss dir nur die Chance geben und du hast das Anführer-Sein drauf.«

Es vergingen drei Tage, in denen die Überlebenden im Wald sich von dem ernährten, was die Natur ihnen bot. Vereinzelte Ausflüge nach Turva ergaben nicht viel Brauchbares, aber nützliche Waffen und Werkzeuge fand man.

Nach und nach trafen die Boten und die Besessenen aus den anderen Provinzen ein. Jeder von ihnen kam reich beladen mit Lebensmitteln zurück, was die Moral der Überlebenden stark anhob und sie mit neuer Kraft versorgte. Am Mittag des dritten Tages trafen als vorletzte Aphelia und Erzhold ein. Das Botenmädchen ging vorneweg, mit einem Rucksack voller Fischgerichte. Ihr Blick besagte, dass sie Erzholds Gerede kaum noch aushielt. Sie verschwand schnell in einer schlecht sichtbaren

Ecke. Die anderen Neuankömmlinge traten zu Jotaka und Rael, welche über der Karte von Ährenberg brüteten, um die Besessenen für den Kampf in die unterschiedlichen Angriffstruppen einteilten. Von den 60 Überlebenden des Dorfes hatten sich bislang 47 kampfbereit gemeldet. Die Verletzten würden mit ein paar Pflegern zurückbleiben.

»Grausam. Ich habe es mir angesehen«, sagte Aphelia, sobald sie neben Jotaka stand.

»Glückwunsch zur neuen Position, Jotaka!«, krakeelte Erz. Es war, als sei ihm der Ernst der Lage nicht bewusst.

»Danke«, meinte sie knapp. Rael blickte ebenfalls auf.

»Ihr beiden seid sicher bei dem Angriff dabei?«

Sie nickten ihm einheitlich zu. Bevor Erz seinen Mund öffnen konnte, sprach der Anführer weiter.

»Gut. Ihr werdet beide mit drei Weiteren die Mauer stürmen und dort die Bogenschützen und Ballisten ausschalten. Aphelia ist schnell und geschickt und du …«

Langsam wanderte Raels Blick über die schillernde Kleidung.

»… lenkst sie ab.«

Empört schnaubte Erz auf, akzeptierte seine Position jedoch stillschweigend.

Kurz darauf stupste Rael Jotaka an, sodass sie aufschreckte und sich aufrichtete. Als sie sprach, wurde ihre Stimme allmählich immer kräftiger.

»Liebe Freunde, der Plan ist so gut wie fertig. Wir werden morgen Mittag für unseren Gegenschlag losziehen, sodass wir die Wälder bei Ährenberg am Morgen des vierten Tages erreichen. Dort formieren wir uns ein letztes Mal, um dann am Nachmittag anzugreifen!«

Sie erläuterte die Aufteilung in die verschiedenen Gruppen, sobald Rael ein Loch in die Stadtmauer geschlagen hatte.

Der Sturmtrupp (46 Mann) würde geradeaus die Hauptstraße bis zum Stadtzentrum wandern, wo er sich nochmals in eine kleine und eine große Truppe spaltete. Die kleinere Gruppe (10 Mann) würde die Schmieden lahmlegen, um danach zur größeren zu stoßen, die die Soldaten bei den Kasernen mit der Schmiede im Rücken bekämpfen sollen. Je nach Verlauf des Kampfes würden sich die Anführer aus der Gruppe entfernen, um den Fürsten zu stürzen.

Der Mauertrupp (7 Mann) würde als kleine Truppe sich um die Scharfschützen auf der Mauer kümmern. Drei um die eine Richtung, drei um die andere. Erzhold würde für Ablenkung sorgen, wo es benötigt wurde.

»Ich weiß, dass es in uns steckt. Wir können diese Ungerechtigkeit in der von uns angestrebten einheitlichen Welt nicht zulassen!«, beendete Jotaka ihre Rede.

Einen Moment lang herrschte Schweigen, doch als Rael anfing zu klatschen, stimmten alle mit ein und nickten der Stellvertreterin zu. Erschöpft ließ sie sich auf den Waldboden fallen und wischte sich Schweiß von der Stirn. Sie konnte nicht anders, als wieder eine ihrer Strähnen zu greifen und vor ihr Gesicht zu ziehen.

»Wie machst du das immer ohne Angst zu haben, etwas Falsches zu sagen?«, murmelte sie. Rael zuckte mit den Schultern, sagte dann aber: »Ich finde, du hast das sehr gut gemacht.«

Der restliche Tag verlief angespannt. Alle schärften ihre Waffen oder trainierten ihre Fähigkeiten. Auch Rael zerschmetterte einen Baum, um diesen dann beim Gewichtheben zu verwenden.

Jotaka ging ein wenig durch das Lager, dass wie mit neuem Leben gefüllt war, bis sie sich zurückzog und über ihre Zeit als Besessene nachdachte. Ob es ihrer Familie gut ging? Hatte der Fürst sie bestraft, nachdem drei schwache Wachen sie nicht gefangen hatten? Falls sie noch am Leben waren, so hoffte sie, dass sie auch nicht in den Ansturm der Besessenen gerieten.

Der Abend brach herein und Jotaka beobachtete, wie die Besessenen, die sonst nur sehr spät oder gar nicht schliefen, zu Bett gingen. Sie schliefen in provisorischen Schlafsäcken oder bloß auf zusammengeklaubtem Laub und einer Decke. So beschloss Jotaka ebenfalls, schlafen zu gehen. Während sie auf das Lager mit Raels und ihrer Matratze zusteuerte, hielt sie nach ihm Ausschau. Die ansonsten schwer übersehbare Gestalt des Anführers war jedoch nirgends zu sehen. Seltsam. Wenn Rael sich zurückgezogen hatte, war er immer beim Baumstamm gewesen. Doch nun waren alle hier bei diesem Ort, sodass er sich wohl woanders hin verzogen haben musste.

Erzhold musste ihre suchenden Blicke bemerkt haben, daher kam er über einige Schlafende hinweggetänzelt, bis er vor ihr stand.

»Du könntest beim Waldfriedhof des Dorfes schauen, ich denke, er könnte dort sein«, säuselte er viel zu laut.

»Leise!«, ertönten einige Stimmen.

Leise dankend entfernte sich Jotaka mit einer Laterne vom Lager und ging durch den finsteren Wald in Richtung des Dorfes. Kurz trat sie zwischen ein paar Ruinen, um sich zu orientieren, dann erinnerte sie sich an den Weg zum Friedhof, den sie bislang nur einmal zu Silas' Begräbnis entlanggeschritten war, und folgte dem Weg aus ihrer Erinnerung. Schnell fand sie den Friedhof, der glücklicherweise keinen Schaden bei dem Angriff genommen hatte. So viel musste man den Soldaten lassen, dass sie wenigstens die Toten in Ruhe ließen. Sie trat durch den hohen Zaun und blickte zu Silas' Grab. Dort stand eine einzelne Laterne, welche ihr flackerndes Licht verstrahlte. Für einen Moment hielt sie ihn für einen weiteren Grabstein, doch dann erkannte sie Rael, wie er neben dem Grab kniete. Eine Hand hatte er an den Kragen seines Schals gelegt. Langsam ging Jotaka näher.

»… ich kann ihr nichts bieten, sie ist besser ohne mich dran«, hörte sie sein Flüstern, welches durch die windstille Nacht getragen wurde. Sie ging weiter, neugierig, über wen er redete. Plötzlich zuckte Raels Kopf hoch und seine Augen starrten direkt in ihre Richtung.

»Ach. Du bist's.«

Sein Gesicht entspannte sich, sodass es im Schein der Laterne nicht mehr so gespenstisch aussah.

»Es tut mir leid, ich wollte nicht …«, entschuldigte sie sich und wich einen Schritt zurück.

»Nein, schon okay. Komm zu mir.«

Sie ging zu ihm und ging dicht neben ihm in die Hocke, wobei er sie immer noch komplett überragte. Ihre Laterne stellte sie neben seine.

»Ich war gerade dabei, Silas unseren Plan zu erklären. Er hat schließlich das alles mit mir aufgebaut.«

»Wie gefällt er ihm?«

»Ich denke, der Plan gefällt ihm. Aber auf jeden Fall gefällt ihm die Idee, dass nach diesem Kampf du die Anführerin wirst, um ein Zeitalter des Friedens einzuläuten.«

Jotaka lächelte.

»Das hat er dir aber nicht gesagt, oder?«

Rael lächelte ebenfalls.

»Doch. Sogar noch zu Lebzeiten sagte er mir, dass du den Frieden beherrschst, so wie ich den Kampf.«

Einen Moment lang fiel die Stille über die Beiden.

»Mund zu«, sagte Rael dann.

»Ich war nur überrascht.«

Wieder Stille.

»Rael?«, fragte sie leiser als vorher.

»Häh?«

»Du bleibst danach aber bei mir – uns –?«

Er seufzte.

»Ich will ehrlich sein: Keine Ahnung. Ich weiß nicht, ob jemand wie ich einen Platz findet im Frieden. Nur Zorn und Kampf steckt in mir. Falls die Menschen in mir nach dieser Schlacht das Monster sehen, das ich bin, schadet es allen Verstärkten, die in Harmonie leben möchten.«

»Sag sowas nicht! Du bist kein Monster. Wieso sollten die Menschen sich genau vor dir fürchten?«

»Ich bin der stärkste und benötige keine Waffe, um mehrere Gegner auf einmal zu töten. Die meisten von uns werden mit Waffen kämpfen und ihre Fähigkeiten bloß unterstützend einsetzen. Aphelia macht das nicht anders. Sie überreicht das Gift über die Dolche. Ich dagegen bin die „übernatürliche Tötungsmaschine".«

»Aber ich brauche dich an meiner Seite. Ich schaffe das nicht alleine!«

»Doch, schaffst du. Aber wir müssen den Verlauf der Schlacht beobachten. Anhand dessen entscheide ich, ob ich bleibe oder gehe.«

»Dann werde ich dich bremsen, wenn nötig, damit du nicht wie ein Monster rüberkommst!«

»Danke. Gib dein Bestes. Und stirb mir ja nicht weg. Wir brauchen dich als Anführerin.«

16

Der nächste Morgen und Mittag kamen schnell. Rael und Jotaka hatten sich nach ihrer Unterhaltung auf dem Friedhof zurück zum Lager begeben, wo sie dann beide in jeweils ihren Betten schliefen. Jotaka wusste nicht, dass dies das vorletzte Mal war, dass sie ihn schlafen sah.

Gegen Mittag hatten sich alle gestärkt und Waffen und Reisegepäck geschultert. Als die Sonne am höchsten stand, setzte sich der Trupp bestehend aus 53 Besessenen in Bewegung. Rael ging vorneweg und trug zwei Matratzen auf seinem Rücken. Waffen hatte er keine bei sich. Jotaka hatte die Umhängetasche mit dem Proviant der beiden geschultert, zudem hatte Aphelia ihr zur Selbstverteidigung einen kurzen Dolch überreicht, der nun in einer Scheide an ihrem Gürtel baumelte. Unter dem weißen Poncho bildete er sich schwach ab.

Die beiden Anführer waren die einzigen, welche ihre Kleidung nicht gewechselt hatten. Fast alle anderen trugen einheitliche, rotbraune Lederrüstung. Nur Erzhold trug über der Rüstung einige, goldglitzernde Tücher, sodass man aus einiger Entfernung denken konnte, der Schlachttrupp transportiere einen Goldschatz.

Rael stimmte ein flottes, aber dennoch angenehmes Reisetempo an, sodass selbst diejenigen, die noch nicht so lange ihren Pakt geschlossen hatten, mithalten konnten. Jotaka war dankbar, dass er wenigstens diesmal nicht zu schnell rannte oder gar davonstürmte.

Es wurde nicht viel geredet auf der Reise, die Anspannung aller war deutlich zu spüren. Zeit verging, bis Jotaka in einiger Ferne am Waldesrand einen Mann sah, der sich gerade auf sein Pferd schwang, um davonzureiten. Er trug die Uniform der Ährenberger Soldaten.

»Ein Späher!«, rief sie. Rael sah kurz sie an, bevor auch er mit scharfem Blick den Mann, der nun in den Wald ritt, bemerkte.

»Du bleibst beim Plan, ich kümmere mich darum«, knurrte Rael, bevor er mit gewaltiger Geschwindigkeit losschoss. Die Matratzen streifte er im Rennen ab, sodass sie hinter ihm über den Boden rollten.

Ein verwirrtes Raunen zog sich durch die Reihen der Besessenen.

»Alles in Ordnung. Rael kümmert sich um einen feindlichen Späher und stößt danach wieder zu uns. Wir müssen bloß auf dem Kurs bleiben«, sprach Jotaka beim Rückwärtslaufen, nachdem sie sich umgedreht hatte. Diejenigen, die ihre Stimme nicht gehört hatten, bekamen die Nachricht von den Mitreisenden wiederholt. Die stellvertretende Anführerin konnte somit wieder weiterlaufen – sobald sie die Matratzen irgendwie geschultert hatte.

Das weiße Pferd war schnell und auf offenem Feld hätte Rael wohl kaum eine Chance gehabt, den Späher einzuholen, doch auf dem schmalen Waldpfad war er aufgrund der vielen Bäume überlegen. Er war wendiger als das Pferd. Der Späher bemerkte, wie der große Besessene langsam aufholte und peitschte mit den Zügeln, doch das Pferd hatte wenig Lust, mit voller Geschwindigkeit knapp an Bäumen vorbei zu rennen. Der Wald war gewaltig, sodass Rael nach drei Kilometern die ursprünglich anderthalb Kilometer Distanz auf weniger als hundert Meter reduziert hatte. Äste peitschten über seine Schultern, Wurzeln brachen an seinen Füßen. Mit flinken Bewegungen seiner Arme schützte er seinen grauen Schal vor den Ästen, die ihn sonst hätten zerreißen können. Schon bald zog sich eine einzelne Blutspur von seiner Stirn nach hinten durch seine Haare. Seine Arme bluteten ebenfalls durch die vielen Äste, die sie streiften oder die er abwehrte. Doch das alles interessierte ihn nicht. Er sah bloß den Mann, der diese Mission gefährden konnte. Die Besessenen würden den Überraschungsangriff brauchen, um ihre Chancen aufzubessern. Der Wald lichtete sich allmählich. Dahinter wartete ein offenes Feld, in dem Rael das Pferd nicht mehr einholen können würde, außer es würde bald ermüden.

Ein umgefallener Baum blockierte den Pfad. Der Reiter schlug mit den Zügeln und sein Pferd sprang elegant über das morsche Holz. Unmittelbar danach erreichte Rael den Baum. Zunächst wollte auch er darüber springen, doch dann hatte er eine bessere Idee. Schnell nutze er seine Fähigkeit und schlug mit beiden Händen weit ausgestreckt auf den umgestürzten Baum. Das Holz zerbarst und das Stück des Stammes, der zwischen den Händen lag, wurde davon gelöst. Das schwere Geschoss katapultierte sich durch die Luft und krachte mit dem Geräusch von morschem Holz in den Rücken des Reiters, welcher nach vorne vom Pferd kippte. Das Tier erschrak, trampelte über seinen Reiter und rannte weiter durch den Wald davon. Rael kam schnaufend neben dem Ährenberger zum Stehen. Dessen Position schien unnatürlich verbogen und auch der Brustkorb hob und senkte sich nur schwerfällig. Bei Bewusstsein war der Mann nicht wirklich – und das würde er auch nie wieder sein.

»Erwischt!«, sagte Rael leise, bevor er einen Druckwellenhieb durch den Kopf des Sterbenden jagte. Nun spürte er erst die Erschöpfung, die dieser Sprint verursacht hatte. Er konnte sich kaum daran erinnern, wann er das letzte Mal so schnell gerannt war. Wahrscheinlich noch nie.

Da er noch einige Zeit haben würde, bis seine Verbündeten hier eintrafen, würde er sich ein wenig ausruhen. Schnell drehte er die Leiche um, sodass er die Jackentaschen nach etwas Sinnvollem durchsuchen konnte. Das Gesicht des Ährenbergers war verschmiert durch die blutige Erde, auf der Rael seinen Kopf geschmettert hatte. In der Jacke fand Rael eine Pfeife, ein paar Münzen und einen Schlüssel. Augenscheinlich war dieser Schlüssel aber der eines Privathauses und somit von keiner großen Bedeutung. Dennoch steckte Rael alle Fundsachen in seine Hosentaschen, bevor er die Leiche an den Beinen packte und sie tiefer in das Geäst hineinzog. Dort ließ er sie los. Raschelnd verschwanden die Beine im Unterholz. Sollten die Tiere sich doch daran satt fressen. Rael kümmerte das nicht. Er selbst spazierte ein Stück gemütlich noch tiefer den Wald, bis er auf eine kleine Lichtung stieß. Von hier konnte er den Pfad sehen, sodass er zu den anderen stoßen würde, sobald sie dort entlangliefen. Gemütlich ließ er sich an einem Baum nieder. Die Sonne schien durch die dichten Blätter und wärmte sein Gesicht. Ein Moment der Ruhe war genau das richtige für den riesenhaften Mann.

Jotaka erreichte zu diesem Zeitpunkt den Waldrand. Es war anstrengend, zwei gerollte Matratzen und die Umhängetasche zu tragen und gleichzeitig aufrecht zu gehen. Aber sie zog es dennoch durch, denn ihre Angst zu zeigen, dass sie schwach sein, doch nicht als eine Anführerin taugen würde – war zu groß. Der Wald machte es ihr nicht leichter. Zweige oder tiefhängende Äste schleiften über ihre Ausrüstung und immer wieder stolperte sie, da sie hängenblieb. Glücklicherweise konnte sie sich stets auf den Beinen halten.

Das Licht der Sonne färbte sich allmählich Orange. Von hinten rief jemand: »Wann machen wir denn Pause?«

»Wir machen dann Pause, wenn wir den Ort für unser Nachtlager erreicht haben! Er liegt am gegenüberliegenden Waldrand«, rief Jotaka über ihre Schulter zurück.

»Oh, nee«, maulte dieselbe Person. Jemand anderes lachte.

Einige Zeit kämpfte sich Jotaka tapfer mit zusammengebissenen Zähnen voran und führte die Truppe durch den immer dunkler werdenden Wald. Ihr fiel auf, dass die Zeiteinschätzung der Reise, welche Rael und sie aufgestellt hatten, präzise eingehalten wurde. Die Bäume wurden weniger und der Waldpfad wandelte sich in ein paar Metern zu einer festeren Straße. Hier war dennoch niemand unterwegs, ganz wie geplant. Nachdem Jotaka den Befehl gegeben hatte, schwoll die Lautstärke an und alle machten sich daran, das Lager aufzubauen. Schon bald lagen Matratzen, Kissen und Decken überall und der Duft von köchelndem Essen lag in der Luft. Noch bevor Jotaka sich erneut wundern konnte, wo Rael denn geblieben war, tauchte dieser inmitten zwischen den Bäumen auf und schlurfte gemächlich an ihre Seite. Einen Moment lang starrte sie ihn fragend an, doch als er nicht antwortete, formulierte sie ihre Frage: »Wo warst du so lange?«

»Ich war erschöpft und habe mich ein wenig ausgeruht. Weiter hinten war eine wirklich schöne Lichtung. Ich habe auch das Plätschern eines Baches gehört, aber gefunden habe ich ihn leider nicht.«

»Rael«, unterbrach sie ihn.

»Was denn?«

»Du kannst mir gerne vom Wald berichten, aber wichtiger ist doch, ob du den Späher erwischt hast. Falls nein, müssten wir unseren Plan —«

»Ich habe ihn erwischt. Das Pferd ist aber davongekommen.«

Jotaka verzog einen Mundwinkel.

»Die Pferde aus Ährenberg werden so erzogen, dass sie beim Verlust ihres Reiters zur Stadt zurückkehren. Das muss nichts heißen, da besoffene Soldaten oft ihr Pferd nicht anbinden und es dann einfach zurückkehrt, aber es ist dennoch eine kleine Warnung für die Soldaten dort.«

»Das ist blöd. Aber weiß ja keiner, dass wir nur mit über 50 Mann angreifen.«

»Und Frau.«

»Das sagt man so.«

»Ich weiß. Unsere Matratzen liegen da hinten.«

Raels Blick folgte ihrem Finger. Dort lagen ihre Matratzen dichter beieinander als sonst.

»Hast du sie dichter aneinandergelegt?«, fragte Rael leiser werdend. Jotaka kämpfte einen Moment gegen den Drang, an ihren Haaren zu spielen, an, bevor sie antwortete.

»Hier ist es generell enger als sonst. Willst du lieber alleine auf deiner Lichtung liegen?«

Rael schnaubte bloß, holte sich eine übergroße Portion Suppe und wanderte dann zügig zu seinem Schlafplatz. Seufzend setzte auch Jotaka sich in Bewegung.

Die Nacht verlief ruhig. Man hatte eine Handvoll Leute ausgewählt, die zu bestimmten Zeiten Wache halten mussten, aber viele der Besessenen, die schon lange mit dem Pakt lebten, schliefen ohnehin nicht, sondern ruhten sich bloß liegend aus. Jotaka dämmerte irgendwann ein und auch Rael spürte seine Erschöpfung deutlich, bevor er für zwei kurze Stunden einschlief.

17

Der darauffolgende Reisetag verlief ohne große Zwischen-
fälle. Das Wetter war zwar bewölkt, aber weder Regen noch
Wind störten die Reisenden auf ihrem Weg nach Ährenberg.
Die Nacht verbrachten sie in einer Tropfsteinhöhle, welche etwas abseits eines Bergpfades lag. Keiner hatte damit gerechnet,
dass die Höhle in der Nacht Wasser am Boden sammeln würde,
sodass die Kleidung und Ausrüstung vieler Besessener durchnässt wurde. In der Höhle war ein Feuer unmöglich, da sie bald
schon zum Teil unter Wasser stand. Rael drängte alle zum Auf-
bruch, sodass sie auch draußen kein Feuer zum Trocknen der
Kleidung entzünden konnten. Zwar wurde Jotaka dank ihres
Eiselementars nicht kalt, aber die nasse Hose scheuerte am darauffolgenden Tag an ihren Knien, bis diese wehtaten. Sie war
nicht die einzige, die unter diesem Problem litt. Lederrüstungen,
die nass geworden waren, schonten nicht gerade die Haut.

Als andere Reisende sich ebenfalls über wundgescheuerte
Gliedmaßen beklagten und Erzhold begann, von einem ausweg-
losen Ende zu lamentieren, entschied sich Jotaka kurzerhand die
Reise auf einem Berg zu pausieren. Rael sah sie daraufhin irritiert
an. Sie lächelte ihn bloß an, um ihre innere Unsicherheit zu ver-
bergen und meinte dann: »Als deine Stellvertreterin darf ich
auch mal Befehle geben, oder?«

Er nickte. Währenddessen hatten sich alle Besessenen am Wegesrand zu Boden gelassen und Feuer angezündet. Viele hatten sich bereits bis auf die Unterwäsche entkleidet und ihre Kleidung so dicht es nur ging an die Flammen gelegt. Jotaka hatte noch nie so viel nackte Haut auf einmal gesehen. Einen Moment zu spät bemerkte sie, dass Rael sie ansah. Er hatte ihren Blick längst bemerkt.

»Das sind auch nur Menschen, auch wenn sie einen Pakt geschlossen haben.«

»Ich weiß doch.«

»Dann glotz nicht so. Das ist unhöflich. Entweder du trocknest auch deine Kleidung und kommst dann mal mit mir mit oder du behältst sie an und kommst mit.«

Raels Tonfall ließ Jotaka zwar vermuten, dass es sich hierbei um eine Strategiebesprechung handeln würde, aber sie errötete dennoch ein wenig.

»Wenn du das nicht so nüchtern sagen würdest, könnte man das echt falsch verstehen.«

Zur Antwort schnaubte er bloß, wandte sich aber von ihr ab.

Bevor sie zu lange darüber nachdenken konnte, zog sie ihre Hose aus und zupfte ihren Poncho so zurecht, dass er ihre Unterwäsche gerade so verbarg und ging dann zu dem Lagerfeuer, an dem Aphelia mit weiteren Leuten saß. Dort lag auch Erzhold ausgestreckt so dicht neben dem Feuer, dass die Flammen fast über die glitzernde Kleidung leckten. Weder er noch Aphelia hatten sich entkleidet. Jotaka legte ihre Hose und ihre Stiefel neben Erzholds Kopf und tappte dann mit nackten Füßen zu Rael, der ein Stück entfernt an einem Baum lehnte. Zu ihrem Glück kommentierte er ihre fehlende Kleidung nicht.

»Dämliche Höhle auch«, knurrte er bloß.

»Die Pause war nötig«, sagte sie.

»Ich weiß. Aber diese Zeit fehlt uns nun in unserem Zeitplan.«

»Wie wäre es, wenn wir die nächste Nacht durchmarschieren und dann statt am späten Morgen bereits in den letzten Nachtstunden im Ährenberger Wald die finalen Vorbereitungen beginnen. Wer sich ausruhen muss, kann dies dort nochmals für ein paar Stunden machen. Und am Nachmittag greifen wir an.«

»Je länger wir im Wald rumhängen, desto höher ist die Wahrscheinlichkeit, dass man uns entdeckt.«

Jotaka schüttelte den Kopf und verdrängte so die letzten Gedanken an ihre Hose.

»Der Wald ist dicht. Man wird uns nicht sehen, solange wir keinen Krach oder kein Feuer machen.«

Er legte ihr eine Hand auf die Schulter und meinte dann: »Ich vertraue dir da. Wie schon oft.«

Dankbar lächelte sie ihn an.

Bereits nach wenigen Stunden war die Kleidung aller Reisenden ausreichend getrocknet, sodass die Truppe sich erneut auf den Weg machen konnte. Unaufhörlich näherten die Besessenen sich Ährenberg. Die Luft war kühl und der Himmel bewölkt, aber glücklicherweise blieb es dabei, sodass die Reise an diesem Tag nicht weiter beeinflusst oder unterbrochen wurde. Selbst als die Sonne in der Ferne verschwand und eine finstere Nacht mit nur wenig Mondlicht zurückließ, liefen die Besessenen weiter. Es dauerte nicht lange, da erreichten sie den Wald, der Ährenberg umgab. Sie waren schon vor einiger Zeit vom Weg abgewichen, um nicht bemerkt zu werden und kämpften sich nun durch das verwachsene Unterholz des Nadelwaldes. Erneut fiel Jotaka auf, dass sie inzwischen nochmals besser im Dunkeln sehen konnte. Beim nächtlichen Sturm in Teldraal hatte sie kaum Sicht gehabt, doch jetzt, wo die Dunkelheit des Waldes fast ebenso finster war, erkannte sie die Umrisse der Bäume auf etwa 10 Meter Entfernung.

Auf ihren Befehl hin hatte keiner aus der Truppe eine Fackel entzündet, da der Wald zwar dicht war, aber man nie wusste, wo das flackernde Licht durchsickerte und somit ihre Position verraten konnte. Diese Maßnahme mochte etwas radikal sein, aber Jotaka hielt sie dennoch für nötig. Rael stimmte still zu.

»Stopp! Wir sind da«, zischte Jotaka laut. Ihr Befehl wanderte durch die Truppe nach hinten, woraufhin sich die lange Schlange der Besessenen auflöste und damit begann, das Lager aufzubauen.

Rael blickte nach vorne, wo er durch die dichten Nadelbäume den ganz schwachen Lichtschein der Stadt vernehmen konnte.

»Jotaka«, sagte er. Sie war gerade dabei, Schlafplätze zuzuteilen, blickte sich aber nach ihm um und eilte zu ihm.

»Ja?«

»Ich möchte mir schonmal die Mauer ansehen, um einen genauen Überblick zu verschaffen. Schließlich war ich bislang nur einmal bei Ährenberg und noch nie drinnen.«

»Einmal? Das war damals, als du mich gerettet hast. Bis heute habe ich nicht verstanden, wieso du eigentlich da warst.«

Rael grinste.

»Die Frage kommt jetzt erst?«

Beschämt nickte sie.

»Nun ja, dass ich da war, lag daran, dass Silas und ich ohnehin Augen und Ohren offenhalten, um Besessene aus allen Teilen des Landes einzusammeln. Wir bezahlten ein paar reisende Händler, welche uns im Gegenzug mit Tratsch versorgten, der sich um Besessene drehte. Oftmals erwies dieser sich als richtig. In deinem Fall hatte ich gehört, dass die Wachen von Ährenberg sich über die erbärmlichen Versuche eines Mädchens lustig machten, welche heimlich verbotene Literatur las. Der Bibliothekar hatte dich schon lange bemerkt, aber die Wachen wollten noch warten, ob es bei einer einmaligen Sache blieb. Ich wusste, dass dies wohl kaum der Fall sein würde und machte mich auf den Weg. Ehrlich gesagt war ich gerade am überlegen, wie ich entweder in die Stadt kommen oder deine Aufmerksamkeit erregen würde, ohne dabei selbst in ein Gemetzel zu geraten, als du durch die Stadttore ranntest und von diesen drei Idioten verfolgt wurdest. Ich habe mich daraufhin hinter der alten Scheune versteckt gehalten. Ab da kennst du den Rest ja. Nur, dass du zunächst doch nicht mitkommen wolltest, war nicht Teil meiner Idee«

Sie hob eine Augenbraue.

»Also willst du mir sagen, dass du gehofft hast, dass ich schnell genug rennen kann und die Wachen mich nicht einholen? Du bist echt die einzige Person, die planlos irgendwo hineinstürmen kann und es trotzdem irgendwie hinbekommt.«

Rael lachte bloß auf, verabschiedete sich für den Moment und setzte alleine den Weg zur Stadt fort. Jotaka ermahnte ihn noch, sich bedeckt zu halten.

Es dauerte gerade einmal zehn Minuten, da wurden die Bäume spärlicher. Seine Schritte wurden langsamer, bis er schließlich stehen blieb. Ein kahles Feld von 100 Metern Breite trennte den Wald von der Stadtmauer, welche 25 Meter in die Höhe ragte. Licht schien über die Mauern und aus den Fenstern eines Wachturmes. Zu gerne wäre Rael näher herangegangen und hätte die Steinwand bereits berührt, doch er kehrte stumm in das Lager zurück.

Er war sich unsicher, ob er sich am morgigen Tag im Kampf zurückhalten könnte. Ihm blieb nichts anderes übrig, als auf sich und Jotaka zu vertrauen. Als weitere Stütze würde er Rias Schal anbehalten, auch wenn er dann doch Blutsspritzer abbekam.

Viele Besessene hatten sich nochmals Schlaf gegönnt und nur wenige waren so wie Rael im Wald umhergewandert. Die Nacht war vorbei und der Vormittag angebrochen, ehe die Truppe damit begann, ihre Waffen aufzupolieren. Schwerter und Lanzen wurden ein letztes Mal geschärft und Bögen wurden in ihrer Funktion geprüft. So hielt am Ende jeder eine Waffe in den Händen – nur nicht Rael. Erzhold hatte einen Bogen und einige „langweilige" Pfeile erhalten, Aphelia nutzte weiterhin ihre Dolche und auch Jotaka trug den ihren an der Hüfte. Der Plan wurde ein letztes Mal durchgesprochen, wobei stets auf die Lautstärke geachtet wurde und ehe man sich versah, war der Nachmittag gekommen. Die Sonne stand den Besessenen im Rücken, als sie auf die Stadtmauer zu marschierten. Nur noch der kahle Streifen Land trennte sie von der Mauer. Die orangefarbene Nachmittagssonne würde den Wachposten in seinen Turm blenden, daher würde man die Truppe erst bemerken, wenn es zu spät war.

18

»Denkt dran, kein Kampfgebrüll, bis die Mauer fällt. Holen wir uns unsere Rache«, knurrte Rael. Sein Blut kochte bereits und er war mehr als bereit, seine Fähigkeit zu entfesseln.

»Genau«, ergänzte Jotaka. »Wir führen diesen Kampf, um Jormund den Frieden zu bringen. Bitte verschont jeden Zivilisten, der sich nicht im Kampf stellt und nehmt jeden Gefangen, der sich ergibt.«

Statt zu jubeln nickten alle Besessenen entschlossen.

»Für Turva und Silas!«, verkündete Rael zischend und flüsterte dann nur für seine Stellvertreterin hörbar: »und für Jotaka.«

Dann begann der Ansturm auf die Stadt. Als eine Einheit sprinteten die Besessenen los – Rael an der Spitze und Jotaka, welche von seinen Worten errötet war, dicht hinter ihm. Die Adern an seinen Armen wurden schwarz und der dunkle Mitternachtswind breitete sich auf den Handflächen aus. Im Sprint holte er mit beiden Armen aus und schlug dann mit beiden Handflächen gegen die mächtige Steinmauer. Stein splitterte, lange Risse zogen sich über die Mauer und die Einschlagsstelle sah wie ein Krater aus. Staub wirbelte durch die Luft, als Rael nun mit mehreren schnellen Hieben die Mauer bearbeitete und die Risse darin immer größer wurden. Im Inneren der Stadt ertönte Geschrei, dann wurde ein Horn geblasen, welches die Luft für einen Moment erfüllte. Der Wachposten im Turm kam herausgestürmt und zog panisch einen Bogen hervor. Doch ehe er auf die Besessenen schießen konnte, versetzte Rael der Mauer den finalen Stoß. Viele Steine flogen in das Innere der Stadt. Wegen dem so entstandenen Loch und der vielen Risse konnte die Westmauer ihr Eigengewicht nicht mehr tragen und stürzte in sich zusammen.

Die Besessenen hielten genug Abstand und auch Rael wich zurück, sodass keiner die Steinbrocken abbekam. Allerdings brachte der aufgewirbelte Staub viele zum Husten. Der Ährenberger Bogenschütze war mit der Mauer in die Tiefe gestürzt und in den Trümmern verschwunden. Im Gegensatz zu den anderen Städten war Ährenberg vollständig aus grauem Stein gebaut und auch die Straßen waren perfekt gerade ausgerichtet. Durch das Loch in der Mauer konnte man nun durch einen Staubfilm die breite Hauptstraße erkennen, welche direkt zum Vorplatz und den Kasernen führte. Dort war ein undeutliches Gewusel zu erkennen. Die Soldaten begannen sich zu rüsten, während die normalen Bewohner davonrannten.

»Tötet jeden einzelnen von ihnen!«, brüllte Rael und stürmte in das Innere der Stadt.

Begleitet von den Kampfschreien der Krieger um sie herum rannte auch Jotaka los, um Rael nicht aus den Augen zu verlieren. Gerne hätte sie seinen Worten widersprochen, doch der Staub verklebte ihren Hals. Sie konnte bloß hoffen, dass die Besessenen verstanden, dass der Ausruf bloß auf die Soldaten zu beziehen war, die sich nicht ergeben. Zivilisten stoben wie aufgescheuchte Rehe in alle Richtungen, sobald sie die Armee der Besessenen sahen, doch keiner von ihnen wurde gejagt.

»Wir sind dann auf den Mauern!«, rief Erzhold ihr zu, bevor sich der Mauertrupp vom Sturmtrupp abspaltete, um die Wachen auf den Mauern auszuschalten, bevor sie ihre tödlichen Ballisten fertigmachen konnten.

Die Ährenberger Soldaten formierten sich nun auf dem Vorplatz der Kasernen, bewegten sich aber nicht vorwärts. Sie würden den Ansturm abfangen. Rael würde bald schon bei ihnen sein.

»Rael, du bist zu schnell!«, schrie Jotaka ihm nach, doch er reagierte nicht. Ein paar jüngere Soldaten kamen aus einer Seitenstraße hervor. Sie trugen einige Waffen in den Armen und mussten gerade aus den Lagerräumen der Schmieden kommen. Jemand aus der Truppe der Besessenen erschuf einen klebrigen Schleim, womit er die jungen Soldaten bewarf. Die Klebrige Masse legte die Beine lahm. Der Schmiedetrupp spaltete sich nun auch von der Sturmtruppe ab, um sich um die Waffenboten und die Schmieden zu kümmern. Gerade hatte Jotaka die Truppe verabschiedet, da sah sie, wie Rael bereits die Soldaten auf dem Vorplatz erreichte. Ungebremst brach er durch die erste Reihe der gepanzerten Soldaten und verschwand aus dem Blickfeld. Unmittelbar danach flogen ein Arm und ein Kopf durch die Luft begleitet von einem Blutschwall nach dem anderen. Die Formation der Soldaten löste sich auf, als sie nun versuchten, die Bestie in ihren Reihen zur Strecke zu bringen. Bogenschützen, die sich in den hinteren Reihen der Ährenberger positioniert hatten, begannen nun ihr Sperrfeuer auf den noch immer nahenden Trupp der Besessenen. Die Besessenen mit Bögen erwiderten den Beschuss. Pfeile sausten dich an Jotaka vorbei und obwohl sie hörte, wie die meisten bloß auf den Steinboden prallten, hörte sie auch, wie sich die Spitzen teils in Fleisch bohrten. Ein Pfeil sauste direkt auf sie zu, doch ihr Körper reagierte, als flöge dieser bloß in Zeitlupe. Mühelos drehte sie sich um die eigene Achse ging dabei einen Schritt zur Seite, bevor der Pfeil am Boden zerbrach. Nun ließ sie sich zurückfallen, sodass die Kämpfer der Besessenen an vorderster Front in die gepanzerten Soldaten der Stadt krachten.

Der folgende Kampf war ein bloßes Durcheinander, doch die Besessenen drängten die Soldaten allmählich zurück, sodass sie ihre Position ändern konnten. Wie geplant schützten sie ihren Rücken mit einer der Schmieden und brachten sich in eine Halbkreisformation. Dies geschah keine Minute zu früh: Schon bald kam ein weiterer Trupp Soldaten von der westlichen Hauptstraße aus und schloss sich den anderen an. Dies hätte leicht in einem Zangenangriff enden können. Glücklicherweise schien der Mauertrupp seine Aufgabe erledigt zu haben, denn ein Ballisten-Beschuss von dort blieb aus.

Jotaka hielt sich die ganze Zeit über hinter der Frontlinie der Besessenen zurück und hielt mit Befehlen und Warnungen die Formation der Truppe. Langsam rückten die Besessenen kämpfend vor und die Ährenberger mussten allmählich zurückweichen. Jotakas rechte Hand ruhte auf dem Griff ihres Dolches. Dies gab ihr ein wenig Sicherheit, auch wenn ihr Herz dennoch wie wild raste und ihre Augen voller Angst weit aufgerissen waren.

Rael hingegen hielt sich an keine Formation. Er befand sich hinter den feindlichen Linien und teilte ohne zu zögern einen tödlichen Hieb nach dem anderen aus. Sein Kopf hatte schon lange aufgehört zu denken, er sah nur noch die blutenden Leichen, deren Körper durch seine Druckwellen aufgeplatzt und zerrissen worden waren. Seine Adern an den Armen färbten bereits auf den Rest der Arme über und auch seine Augen glichen eher blankem Obsidian als lebendem Material. Auch über sein Gesicht zogen sich schwarze Adern. Soldaten griffen ihn von jeder Seite an, doch seine Reflexe waren schnell und seine Angriffe todbringend. Er brach ein Schwert entzwei und spaltete den Kopf des Mannes, der es geschwungen hatte. Dann wandte er sich einer gepanzerten Frau zu, welche eine große Axt und einen ebenso großen Schild führte. Mit mehreren schnellen Schlägen verbeulte und brach er den Schild. Der Rückstoß war zu viel für die Frau, sodass sie keinen Gegenangriff starten konnte und stattdessen ins Taumeln gerat. Ohne zu zögern entfesselte Rael eine Folge von vielen eher schwachen Hieben, welche zuerst die Rüstung zerbeulten und dann den Körper im Inneren brachen. Scheppernd fiel die Frau zu Boden wie eine verbogene Dose. Da Rael nun so in seinem Kampfrausch tobte, bemerkte er nicht, wie ein weiterer, mit einer Lanze bewaffneter Soldat, von hinten angerannt kam und nach ihm stach. Mit schnellen Reflexen wich er zwar aus, bevor die Lanze sich von hinten in den Brustkorb bohren konnte, aber die Spitze streifte dennoch seine Flanke und hinterließ eine klaffende Wunde.

Schnaubend wie ein wildes Tier wirbelte Rael herum, packte die Lanze am Schaft und zog den Soldaten so an sich heran. Der Mann schlitterte geradewegs in Raels Handfläche und dessen Kopfinhalt verteilten sich auf dem Boden hinter ihn. Der Besessene brach die Lanze knurrend mit nur einer Hand in zwei Teile. Während er sich für die nächsten Gegner bereitmachte, spürte er, wie warmes Blut an seinem Torso entlanglief und ein Hosenbein einfärbte. Die Wunde war ihm jedoch egal, er sah nur den bevorstehenden Kampf.

Jotaka keuchte auf, als sie Rael inmitten des Getümmels sah. Blut färbte seine gesamte linke Körperhälfte. Es schien aus einer Wunde unterhalb der Achsel zu kommen. Für einen Moment sammelte sie ihre Kräfte und schrie dann so laut sie konnte: »Rael, fall zurück!«

Wie sie es schon erwartet hatte, reagierte er aber überhaupt nicht. Verdammt.

»Wenn er weiter so rücksichtslos kämpft, wird er noch weitere Verletzungen erleiden oder an dieser einen verbluten«, flüsterte sie vor sich hin. Schnell war ihr klar, dass sie zu ihm musste, bevor er sich selbst umbringen ließ. Zwar war das langsame Vorrücken der Besessenen sicherer, aber im jetzigen Takt würde Rael den Tod finden. Aus dem Augenwinkel entdeckte sie die Schmiedetruppe, welche nun wieder zu ihnen aufschließen würde. Perfekt.

»Umformieren! Jetzt! Überrennt die Soldaten!«, rief sie. Einige Verbündete schienen kurz irritiert, da die aktuelle Vorgehensweise doch funktionierte, aber alle wiederholten den Ausruf laut und taten, wie befohlen. Brüllend löste sich die Formation auf und wieder brach ein Durcheinander aus, bei dem man nur wegen der Uniformen gerade so wusste, wer Freund und wer Feind war. Jotaka nutzte dieses Durcheinander wiederum, um ihren Posten zu verlassen und mitten durch das Schlachtgetümmel zu rennen. Blitzschnell duckte sie sich unter zwei Kämpfenden hinweg. Glücklicherweise waren die meisten zu sehr in den Kampf vertieft Da sie Rael aus den Augen verloren hatte, bewegte sie sich auf die Position zu, auf der sie ihn zuletzt gesichtet hatte.

Ohne den übermenschlichen Reaktionen, die ihr der Pakt verlieh, hätte sie diesen Weg wohl kaum lebend überstanden. Immer wieder musste sie einer Waffe ausweichen und über Leichen springen, die sie leicht zu Fall gebracht hätten. Wie ein roter Wind wehten ihre Haare hinter ihr her. Schweiß triefte über ihre Stirn und ihre Augen machten erste Anstalten zu tränen. Hoffentlich war ihm nichts geschehen.

Kaum war sie für einen kurzen Moment abgelenkt, verkeilte sich ihre Stiefelspitze in der aufgerissenen Brust eines toten Soldaten, brachte sie aus dem Gleichgewicht und sorgte dafür, dass sie der Länge nach hinfiel. Schmerz schoss durch ihre Unterarme, mit denen sie den Fall abgefangen hatte. Sie versuchte aufzustehen, doch ihr Stiefel klemmte noch immer zwischen gebrochenen Rippen und blutenden Gedärmen. Erst jetzt stieg ihr der metallene Geruch des Blutes, der überall auf dem Schlachtfeld präsent war, in die Nase. Angeekelt drehte sie sich auf den Rücken und zerrte sie mit beiden Händen an ihrem Bein. Eine ältere Soldatin fixierte sie mit ihrem Blick und hob drohend das Schwert.

Panisch fuchtelte Jotaka mit den Armen, bis sie ihren Stiefel zu packen bekam und die Schnallen löste, sodass sie ihren Fuß herausziehen konnte. Sofort stand sie auf und zog im selben Moment den Dolch von ihrem Gürtel. Sie wollte nicht kämpfen, daher begann sie erneut zu rennen. Ein spitzer Schrei entwich ihr, als es der Soldatin gelang, die rote Haarpracht zu packen und sie somit zurückhielt. Jotaka zögerte keinen Moment, mit dem Dolch hinter ihr entlang zu schwingen. Wie in Zeitlupe durchtrennte die scharfe Klinge eines der langen Haare nach dem anderen. Als ihre Haare sich so von Hüft- auf Schulterlänge gekürzt hatten, warf sie zum Schluss noch den Dolch nach der Soldatin, welche sowieso mit einem Büschel Haare in den Händen nach hinten stolperte. Ein stumpfes „Bonk" ertönte, als der Griff der Waffe gegen die Nase prallte.

Ohne zurückzublicken, raste Jotaka weiter, bis sie Rael endlich in der Menge erkannte. Seine tiefschwarzen Augen waren weit aufgerissen und sein Mund war zu einem grässlichen Grinsen verformt, als er einen weiteren Soldaten zertrümmerte. Der riesenhafte Mann stand inmitten eines Berges von toten Körpern und die Schwärze der Adern übertrug sich auf die gesamten Arme und Beine. Das Gesicht war ebenfalls von einer schwarzen Musterung bedeckt, was ihn wie einen mordenden Dämon aussehen ließ.

Für einen Moment blendete Jotaka alles um sie aus, während die Rael mit ihrem Blick fokussierte. In seinen Augen brannte nichts als Hass und Mordlust.

»Er ist kein Monster«, flüsterte sie sich selbst Mut zu.

»Ich schaffe das. Für ihn. Denn ich liebe ihn.«

Nach einem tiefen Atemzug sprintete schneller als zuvor, wich einem querfliegenden Pfeil aus und streckte dann einen Arm nach Rael aus. Sie würde ihre Fähigkeit aktivieren, sobald sie ihn berührte. Er musste einfach wieder zur Vernunft kommen.

In Raels Ohren rauschte das Blut und auch seine Sicht hatte sich verengt. Jeder Knochen, den er brach, jeder Tropfen Blut, den er vergoss, vergrößerte seinen Glücksrausch nur immer weiter. Es waren eindeutig zu wenige Soldaten auf seiner persönlichen Schlachtbank vorhanden. Danach kamen eben die Zivilisten dran und dann …

Bevor sein verdrehtes Gehirn den Gedanken weiterführen konnte, trat ein weiterer Gegner in seine eingeschränkte Wahrnehmung. Eine rothaarige Frau. Lachend riss er seinen Mund auf. Ja. Mehr Blut! Immer mehr Blut!

Seine pechschwarze Hand umhüllt von ebenso dunklem Nebel zuckte und raste dann auf die neu aufgetauchte Frau zu.

Krachend splitterten ihre Knochen und ihr Blut brach hinten aus ihr heraus, als die todbringende Handfläche mit ihrem Körper kollidierte.

Jotaka stieß einen langen, spitzen Schrei aus, als Raels Handfläche gegen ihre rechte Schulter prallte, mehrere Knochen brach und die Haut an der Rückseite der Schulter aufplatzen ließ. Glücklicherweise hatte sie einen Angriff von Rael vorhergesehen und seine Bewegungen beobachtet. Zwar hatte es nicht zum Ausweichen gereicht, aber der Hieb hatte nicht ihre Brust getroffen und sie somit sofort getötet. Nun musste sie schnell reagieren, bevor ein weiterer Hieb folgen konnte. Noch während Raels Hand dicht an ihrer zerschmetterten Schulter war, packte sie seinen Arm mit ihrer linken Hand und wirkte augenblicklich ihre Fähigkeit mit voller Kraft. Die andere Hand des Riesen sackte im Angriff herab, dann erschlafften die Schultern, bevor seine Beine nachgaben und er auf die Knie fiel. Der Nebel um die Hände verschwand, aber nicht die schwarze Färbung am ganzen Körper. Schnell ließ sie nun von ihm ab, bevor sie ihn restlos betäubte. Einen Sekundenbruchteil schwankte er, doch dann hob er seinen Kopf und blickte sie aus von der Schwärze gereinigten Augen an.

»Danke«, keuchte er atemlos.

Hinter Jotaka prallte Metall auf Metall. Sie wirbelte herum, aber der nun wieder aufkommende Schmerz in ihrer Schulter ließ sie zu Boden gehen. Liegend huschte ihr Blick über die Person, welche nun vor ihr stand. Aphelia sah sie mit ernstem Blick an, während sie einen Dolch aus dem Hals eines Feindes zog.

»Bekomm' ihn wieder auf die Beine und begib dich dann in Sicherheit. Wir halten dir für den Moment den Rücken frei, Weißlocke.«

Erzhold bestätigte dies durch eifriges Nicken. Seine goldenen Roben waren eingestaubt und blutverdreckt. Das machte ihn sauer.

Dankend stemmte sich Jotaka mit ihrem gesunden Arm hoch und wandte sich zu Rael. Der Schmerz in ihrer Schulter beeinträchtigte ihre Sinne. Ihr Gleichgewicht war gestört und sie sah doppelt. Außerdem hörte sie fast nichts außer ihren eigenen Herzschlag, der sie eindeutig daran erinnern wollte, dass sie noch immer am Leben war. Kurze, schneeweiße Haare hingen ihr vor den Augen. Die Fähigkeit zeigte ihren Nebeneffekt.

»Rael, komm, wir müssen unsere Wunden verarzten. Weiter hinten sind unsere Verbündeten, die können uns verarzten .«

Er reagierte nicht, sondern starrte einfach in die Leere.

»Komm zu dir, du viel zu starker Idiot!«, schrie Jotaka nun voller Angst, dass sie ihn zu sehr betäubt hatte. Ihre Schulter beschwerte sich, indem sie noch stärker schmerzte.

Doch Rael brach aus seiner Trance, schüttelte kurz den Kopf und rammte dann eine Faust in den Boden. Tränen tropften auf den Boden, doch im selben Moment drückte er sich mit dem Arm in die Höhe und wischte eben jene Tränen weg.

»Ich … darf sowas nicht zulassen. Ich hätte fast wieder eine mir wichtige Person getötet.«

Jotaka lächelte matt.

»Zerbrich dir jetzt nicht den Kopf. Wir müssen uns verarzten.«

Rael schnaubte.

»Blödsinn. Meine Wunde ist nicht der Rede wert und ich pass schon auf, dass dir nichts weiter passiert. Warte.«

Schnell zog er sein ärmelloses Oberteil aus, zerriss es und band eine Hälfe um seine Wunde und die andere um Jotakas Schulter. Jeder Handgriff saß und von der wilden Wut war keine Spur mehr zu sehen. Jotaka stöhnte schmerzerfüllt, als er den Knoten ihres Verbands sanft befestigte. Ihr Blut drang durch ihren Poncho und versickerte im Stoff, der bereits Blut von Raels Wunde enthielt.

»Wir gewinnen«, stellte Rael fest.

»Ich denke, wir sollten den Soldaten die Chance geben, sich zu ergeben.«

»Sie halten sich aber eisern an ihre Befehle.«

»Tja, dann muss der Fürst eben weg, damit seine Soldaten keine Befehle mehr haben.«

Wütendes Geschrei erfüllte die Luft, als einige bewaffnete Zivilisten nun auch auf den Platz strömten. Jotaka erkannte sofort die rote Mähne ihres Vaters im Mob. Er hielt den alten Jagdbogen der Familie.

»Mein Vater …«

»Dann erst recht. Kannst du rennen?«

»Ich schwanke ein wenig, aber sonst geht es.«

Rael nickte.

»Gut. Mir nach. Pass auf deine Schulter auf.«

Rael beschleunigte und rannte dann quer über den Platz, auf dem die Soldaten nur noch minimal in Überzahl waren. Der Sieg zeichnete sich schon ab. Immer wieder versicherte er sich, dass Jotaka dicht hinter ihm Schritt hielt. Soldaten, die eine Gefahr für einen von beiden darstellten oder schlichtweg zu dicht an ihrem Pfad waren, zerschmetterte der Anführer der Besessenen mit einem schnellen Hieb. Am anderen Ende des großen Platzes erwartete die beiden hinter einer steinernen Mauer die mit rotem Dekor behangene, zweistöckige Villa des Fürsten, welcher sicherlich aus dem Inneren seines Hauses das Kampfgeschehen beobachtete. Als wäre die Mauer aus Papier, rannte Rael einfach mit ausgestreckter Hand durch sie hindurch und kam dann schlitternd zum Stehen. Ächzend hielt auch Jotaka und griff sich sofort an ihre Schulter. Mit aller Kraft biss sie die Zähne aufeinander, um nicht laut aufzuschreien.

Ohne weitere Worte zu wechseln, zertrümmerte Rael die Hölzerne Tür der Villa und trat ein. Goldener Schmuck glitzerte von überall entgegen. Ob aus teuren Vitrinen, von den Wänden oder gar vom purpurnen Teppich, überall machte sich das kostbare Metall bemerkbar. Links und rechts befanden sich weitere Türen und direkt vor ihren führte eine extravagant breite Wendeltreppe zuerst in den ersten und dann in den zweiten Stock.

»Erz würde es hier gefallen. Der Balkon ist im zweiten Stock, richtig?«

»Ja, aber leider weiß ich ansonsten nicht, wie die Räume aufgeteilt sind oder ob der Fürst hier überhaupt ist.«

»Ein Protzer wie er lässt sein Hab und Gut nicht allein und außerdem muss er den Kampf beobachten können. Ich meine, ihn zwischendurch erblickt zu haben, als ich noch nicht im Blutrausch versunken war.«

Langsam nickend folgte sie ihm die Treppe hinauf. Der erste Stock glich eher einem Tierfriedhof als einem Wohnort. Teile von toten, ausgestopften Tieren wurden in Vitrinen zur Schau gestellt. Jotaka entdeckte eine Flosse eines Meerestiers und einen großen Flügel eines Bergvogels. Die Atmosphäre war bedrückend. Die sonst so stampfenden Schritte von Rael waren inzwischen geradezu lautlos geworden, während er schon in den zweiten Stock emporstieg. Dort erwartete sie am Ende der Treppe sofort eine Tür. Als sie die unverschlossene Tür langsam öffneten, legte diese einen Flur frei, welcher sich dann in drei Wege gabelte. Geradeaus sah man den leeren Balkon. Nun erreichten die beiden die Gabelung des Flurs. Während links von ihnen ein offenstehendes, silbernes Bad zu sehen war, befand sich auf der rechten Seite eine massive Holztür mit ebenso massivem Wächter davor. Der schwer gepanzerte, große Mann hob warnend seine Lanze und grunzte sie an.

»Bist du ein Tier oder was? Die gehören eine ebene runter«, keifte Rael.

»An mir kommt ihr nicht vorbei«, sagte der massige Mann.

»… und andere Lügen, die man im Alltag erzählt«, ergänzte Rael.

»Verschwinde von der Tür, oder mein Freund lässt dich verschwinden«, meinte Jotaka trocken, wohlwissend, dass er nicht weichen würde. Kurzerhand ging Rael zu dem Mann, der dennoch ein Stück kleiner war als der oberkörperfreie Besessene, riss ihm die Lanze aus der Hand und verbog mit einer Druckwelle den schweren Helm samt Inhalt.

»Der stand hier eindeutig schon zu lange herum. Der hält niemanden auf.«

Mit seinem Stiefel schob er die Leiche beiseite und öffnete die Tür. Der Raum war ausgestattet mit einem durch Eingravierungen verzierten Tisch, einem mit bunten Stoffen bezogenen Stuhl und tausenden Wandverzierungen. Vor dem offenen Fenster des Raumes lag ein Fernglas, dessen Gläser zerbrochen waren, als hätte man es fallen gelassen. Und ganz hinten im

Raum kauerte ein kleiner Mann mit spitzem Hut und einer Militäruniform mit zu vielen Verzierungen.

»Feigling. Ein wahrer Anführer kennt und unterstützt seine Leute im Kampf und sitzt nicht zuhause und erteilt Befehle, die die Truppe dann blind befolgt«, sprach Rael, während er zu dem Fürsten von Ährenberg stapfte, ihn brutal an der Schulter packte und hochzog.

»Ist er das?«, fragte er Jotaka mit ruhiger Stimme.

»Ja.«

Schnaubend zerrte Rael den wimmernden Fürsten, der nicht mal mehr um Gnade betteln konnte, über den Boden in Richtung des Balkons. Natürlich hätte er ihn tragen können, aber er würde diesen Typen nicht auf Händen tragen.

Als sie den Balkon erreichten, brüllte er über das Schlachtfeld, welches inzwischen mit mehr Leichen als Kämpfern bedeckt war: »Erzhold, dein Einsaaaaatz!«

Es dauerte nicht lange, da flog ein goldgelber Funke auf sie zu und zerbarst unmittelbar vor dem Balkon in der Luft. Das Krachen eines Donners erklang und für einen Moment blickten alle Besessenen, Soldaten und Zivilisten auf Rael, welcher den Ährenberger Fürsten an dessen Kragen in die Höhe hielt.

»Legt die Waffen nieder, euer Befehlshaber ist gefallen!«, brüllte er so laut, wie es keinem Menschen möglich war. Die letzten Kampfgeräusche verhallten. Die Soldaten wussten nicht, was in einem solchen Fall zu tun war. Stets waren sie nur dem Befehl gefolgt und mussten nun selbst denken.

»Du bist dran. Ruf dich als neue Fürstin Ährenbergs aus.«

Überrascht blickte Jotaka ihn an, aber sammelte dann ihren Mut und erhob ihre Stimme. Da kein Geräusch mehr die Stadt füllte, trug sich ihre sanfte Stimme weit.

»Ein Fürst, der die Besessenen nicht nur in seinem Gebiet jagen und töten lässt, sondern diese auch in ihrem eigenen Zuhause ermorden lässt, verdient es nicht, diese Macht zu besitzen. Wir strebten stets an, uns bekannter zu machen und so den Leuten die Angst zu nehmen. Die Menschen in allen anderen Fürstentümern lernten uns kennen. Wir wollten nie eine Gefahr sein. Wissen sollte weitergeben werden um so für eine ein klein wenig bessere Welt zu sorgen. Die Winter müssen nicht etliche Opfer fordern, wenn alle geschützter vor der Kälte sind.

Unser friedlicher Plan wurde zerstört, als dieser Fürst unser Dorf Turva angriff und viele von uns im Schlaf ermordete. Heute nahmen wir Rache. Heute stürzen wir den Fürsten, welcher die Bürger Ährenbergs mit einer befehlszahmen Armee unterdrückte und die Besessenen ermorden ließ. An seine Stelle trete nun ich ... Jotaka von Ährenberg, als Mensch geboren und durch die Elemente der Welt verstärkt — eine Besessene. An meinen Händen klebt kein Tropfen Blut und so soll es auch bleiben.

Legt die Waffen nieder, ob Mensch oder Besessener. Wir sind ein Volk, egal was wir sind. Mögen wir durch den Fall des alten Fürsten auf eine friedliche Welt zusteuern.«

Betretene Stille trat ein, in der Jotaka nur den Fürsten winseln hörte. Dann ließ der erste Besessene sein Schwert fallen, gefolgt von weiteren der Truppe. Schließlich ließ auch der rothaarige Mann, dessen Falten um die Augen ihm einen strengen Blick verliehen, seinen Bogen fallen. Die anderen Zivilisten folgten dem Beispiel von Jotakas Vater. Der Kampf war ohnehin aussichtslos. Ein einziges lautes Scheppern erklang, als die verbliebenen Soldaten im selben Augenblick ihre Waffen zu Boden gleiten ließen. Jedes einzelne Augenpaar ruhte auf Jotaka. Akzeptanz, Gleichgültigkeit und Erleichterung war zu sehen.

»Ich danke euch.«

Dann schmetterte Rael seine freie Hand in den Brustkorb des Fürsten, woraufhin das Brechen der Knochen laut erklang und der kleine Mann sofort verstarb. Die Druckwelle des Mitternachtswindes hallte durch die stillen Straßen. Nun sahen alle auf Rael, der nun die Leiche achtlos vom Balkon warf. Hass, Angst und Verachtung übertrug sich nun in den Blicken. Doch es brach kein Kampf mehr aus. Der Befehl und Kampfeswille der Soldaten waren gebrochen.

»Wir hätten ihn ordentlich exekutieren müssen«, zischte Jotaka aufgebracht.

»Es aufzuschieben hätte nichts geändert. Jeder dort unten sieht mich nach meiner Vorführung auf dem Schlachtfeld als Monster, selbst unsere eigenen Leute. Du findest mich beim Lager vor der Stadt.«

Mit diesen Worten sprang Rael über den Zaun des Balkons und landete unsanft auf dem Boden. Blitzschnell sprintete er los und verschwand zur Seite aus der Sicht.

Die Besessenen auf dem Platz sammelten die Waffen ihrer Gegner ein.

»Bevor die Aufräumarbeiten nun fortgeführt werden, möchte ich eines klarstellen: Dieser Kampf wird keine Strafe für die Verlierer mit sich tragen. Ihr bekommt Freiheiten, Zugang zu Informationen und vor allem: Ein Wahlrecht eures Fürsten, nachdem dieses Fürstentum unter meiner Führung revolutioniert wurde. Bitte arbeitet alle zusammen. Vertraut uns. Wir sind keine Feinde mehr.«

19

Atemlos erreichte Jotaka die eingestürzte westliche Mauer von Ährenberg. Bevor sie aufgebrochen war, hatte ein Besessener mit einer Natur-Quelle die Wunde an der Rückseite ihrer Schulter gereinigt, einige Knochensplitter entfernt und die restlichen Knochenteile gerichtet. Dann wurde die gesamte Schulter sauber verbunden, in eine Schlinge gelegt und mit einer schnell härtenden Paste eingeschmiert, welche nun jegliche Bewegung der Schulter unmöglich machte. Ihr gesamter rechter Arm war in seiner Bewegung eingeschränkt und ihre Schulter pochte unaufhörlich im Takt ihres Herzschlags. Beim Blick in den Spiegel hatte sie festgestellt, dass ihre ungleich geschnittenen, schulterlangen Haare aktuell gänzlich weiß waren. Das Rot war komplett gewichen.

Für den Moment hatte sie die Koordination der Aufräumarbeiten und der Gefangennahme der Soldaten, von denen noch Gefahr ausging, Aphelia übertragen. Gleichzeitig erfuhr sie, dass von den 53 Besessenen 17 im Kampf ihr Leben gelassen hatten. Ein Mitglied des Mauertrupps hatte einen Pfeil abbekommen und war von der Mauer gestürzt und die anderen waren in der Schlacht auf dem Platz gefallen, zehn davon nachdem Jotaka die Formation auflöste. Reue für ihre Entscheidung erfüllte sie, als sie dies erfuhr. Ährenberg schien wie ausgestorben. Viele waren entweder als Soldat gefallen oder versteckten sich in ihren

Häusern. Der Rest half beim Beiseiteräumen der Leichen auf dem Vorplatz.

Die Sonne, welche sich nun am Horizont rot färbte, blendete Jotaka, während sie mit vor die Augen gehaltener linker Hand auf den Wald zusteuerte. Glücklicherweise boten die Blätter des Waldes ein wenig Schutz vor dem Licht. Es dauerte nicht lange, da erreichte sie das Lager, in dem die Besessenen die letzte Nacht verbracht hatten. Alles lag noch an Ort und Stelle, als sei niemand seitdem hier gewesen. Nur eine Sache war verändert. Die Matratze, auf der sie sich ausgeruht hatte, lag nun direkt an der von Rael. Besagter Besessener lag dort ausgestreckt nur mit Hose und Verband bekleidet und blickte in die Baumwipfel. Die schwarzen Adern an seinem Körper begannen bereits zu verblassen.

»Rael!«, rief sie aus und keuchte dann, als ihre Schulter zuckte.

»Komm her, leg dich zu mir«, sagte er matt.

Ohne lange zu zögern tappte Jotaka durch das verlassene Lager und ließ sich dann vorsichtig rechts neben Rael nieder. Die Baumwipfel über ihr spalteten das rote Licht der untergehenden Sonne.

Er holte Luft, um etwas zu sagen, doch sie unterbrach ihn.

»Du kannst nicht gehen. Ich weiß, du hast dich verhalten wie ein Monster, aber ich kann alle vom Gegenteil überzeugen!«, brach es aus ihr heraus.

»Ich bin ein Monster, Jotaka. Falls du mich verteidigst, erzeugst du bloß Misstrauen und ihr werdet nie Frieden schließen. Ich muss verschwinden.«

»Aber ...«

»Es gibt hier kein „aber". Ich muss irgendwohin, wo mich keiner wiedersieht. Du bist eine großartige Anführerin, auch du brauchst mich nicht.«

Jotaka biss sich auf die Unterlippe.

»Der Grund warum ich dich brauche, ist, weil ich dich liebe!«, meinte sie mit zitternder Stimme.

Ein sanftes Lächeln erschien auf Raels müdem Gesicht.

»Ich hätte selbst nie gedacht, dass mein Herz so empfinden kann. Ich habe mich auch in dich verliebt. Du hast mir gezeigt, dass ich nicht an alten Mustern festhalten muss. Deshalb bin ich dir für immer dankbar.«

Sie hatte sich nun auf die linke Seite gedreht starrte ihn fassungslos mit aufgerissenen Augen an.

»D-Du ...«

»Ich liebe dich«, wiederholte er. Seine Stimme schien rauer als sonst. »Es wäre nicht fair, wenn ich es dir nicht gesagt hätte, bevor ich verschwinde.«

»A-Aber ... Wir ... bekommen das hin!«

Nun konnte Jotaka ihre Tränen nicht länger zurückhalten. Verzweifelt klammerte sie sich an Raels Arm.

»Es schadet dir nur, wenn ich weiter anwesend bin. Um unser Ziel einer friedlichen Welt zu erreichen, musst du alleine weitermachen. Dessen war ich mir schon lange bewusst.«

Sanft strich er mit seiner großen Hand über ihren Kopf.

»Ich möchte noch sagen, dass dir die weißen Haare auch echt gut stehen. Wobei das Rot noch immer besser aussieht. Eine Mischung wäre nicht schlecht.«

Ihre Tränen flossen noch immer und sie bekam kein Wort heraus. Schluchzend vergrub sie ihr Gesicht in Raels nackter Brust.

Eine Weile lagen sie so im Wald, während das brennende Rot der Sonne in den Baumwipfeln immer schwächer wurde. Seine Finger fuhren durch ihre Haare, doch beruhigen konnte sie dies nicht. Die Sonne verschwand und hinterließ nichts als Dunkelheit.

»Ich muss jetzt gehen«, verkündete Rael leise.

»Nein«, protestierte sie.

Vorsichtig schob er sie von seiner Brust hinunter und löste ihren kraftlosen Griff um seinen Arm. Schnell setzte er sich auf. Jotaka hingegen hatte nicht mehr die Kraft sich hinzusetzen. Nicht nur ihre Schulter machte ihr zu schaffen, auch etwas in ihrem Inneren nahm ihr den Mut.

»Pass bitte auf dich auf da draußen.«

»Werde ich. Und du, werde zu der wunderbaren Anführerin, die alle Menschen vereint, ob sie nun normal oder verstärkt sind. Lebwohl.«

Mit diesen Worten beugte Rael sich vor und küsste ihre Lippen für ein paar Sekunden. Sofort erwiderte sie den Kuss und war so überwältigt von ihrem Gefühlschaos, dass sich ihre Wahrnehmung einschränkte. Zu schnell war der Kuss vorbei, doch Jotaka bemerkte dies erst, als Rael sich von ihr löste und sich flink aufrichtete. Seine Schritte entfernten sich, während Jotaka ihre Augen öffnete. Sie hörte noch seine Schritte im trockenen Laub und ein leises Schniefen, aber als sie sich umsah, entdeckte sie ihn nirgends.

Epilog

Jotaka blickte vom Balkon der vollständig umgestalteten Villa über den Vorplatz, auf dem nun Marktstände standen, zwischen denen wiederum Menschen und Besessene gleichermaßen herumwuselten. Inmitten des Platzes baute ein auf eine vertraute Weise golden schillernder, langhaariger Mann ein Podest auf. Als Jotaka ihn erkannte, wandte sie sich vom Platz ab und setzte sich in Bewegung.

Im Inneren der ehemaligen Fürstenvilla, die nun zum Wohnsitz der Bürgermeisterin geworden war, befanden sich nun im Obergeschoss Jotakas Privaträume, welche sie mit vielen Holzschnitzereien geschmückt hatte. Sie passierte einen Spiegel, hielt inne und überprüfte nochmals ihr Aussehen. Die Bürgermeisterin durfte unmöglich ungepflegt auf die Straßen treten. Ihre mandelförmigen blauen Augen glänzten in der Mittagssonne wie das schmelzende Eis eines Gletschers. Ihre tiefroten Haare fielen ihr ordentlich und schnurgerade bis zu den Schultern. Seit der Schlacht hatte sie die Haare auf dieser Länge behalten. Zudem hatte sich ihre Lieblingssträhne, an der sie immer noch gerne herumspielte, nie zurückgefärbt und hing nun stets am Rande ihres Blickfeldes. Eine schneeweiße Erinnerung an den Mann, den sie vor sich selbst rettete. Die rechte Schulter war leicht unförmig und ein schattenhafter Schmerz huschte manchmal durch sie hindurch, aber durch ausgiebige Pflege war die Bewegung ihres Arms nur leicht eingeschränkt.

Ihre Kleidungsstil war auch weitestgehend gleichgeblieben. Für diesen Tag hatte sie ihren weißen Poncho angezogen, welcher das schwarze Seidenhemd mit den weiten Ärmeln überdeckte. Gut. Das passte alles. Zufrieden setzte sie ihren Weg nach unten fort.

Im ersten Stock des Hauses befanden sich nun die Büros, in denen Jotaka den demokratischen Freistaat Ährenberg regierte. Unterstützt wurde sie hierbei von einer Frau, einem Mann – beides Menschen – und Vobor, welcher inzwischen stolz den Pakt mit einem Gestein-Verstärker-Elementar geschlossen hatte. Er konnte nun seine Hände versteinern lassen, sodass er sich bei körperlichen Arbeiten nicht mehr verletzen konnte.

Das Erdgeschoss war zum Teil der Empfang für Bürger, welche ein Anliegen hatten, aber zum Teil auch ein Versammlungsraum für Vertreter aller Bürger bei Volksabstimmungen. Der Tisch und die Stühle waren denen aus der großen Halle des Dorfes Turva nachempfunden.

Es waren am heutigen Tag fünf Jahre seit dem Fall des Fürsten von Ährenberg vergangen. Im Anschluss war es eine harte Zeit gewesen, da die Feindseligkeit der Menschen in der Gegend und vor allem in der Stadt anhielt. Schon bald spaltete sich die Stadt in zwei Hälften: Eine, in der die alten Ährenberger wohnten und die andere, in der die Besessenen und die Neu-

Besessenen der Gegend wohnten. Boten berichteten immer wieder, wie in den anderen Provinzen Besessene zahlreicher wurden und immer mehr in den Alltag und somit die Gesellschaft eingebunden wurden. Dies gab ihr Kraft, das Vorhaben in Ährenberg weiter durchzuführen.

Eines Tages erreichte sie eine Botschaft aus Teldraal von Aphelia und Erzhold, dass die Schmuggler, welche schon seit langer Zeit den Untergrund der Stadt beherrschten, durch eine Zusammenarbeit mit den Wachen der Stadt zur Streckte gebracht wurden. Außerdem schlossen vor allem die Seeleute, welche in entfernte Länder reisten, massenweise Pakte mit Elementaren, um so robuster für die See zu werden.

Die Situation innerhalb Ährenbergs besserte sich allmählich. Die Bewohner bemerkten, dass sie nicht mehr unter einer ständigen Beobachtung der Armee standen und öffneten sich ein wenig. Dies nutzten die Besessenen unter Jotakas Kommando, um Kontakte mit ihnen zu knüpfen, sodass zumindest eine Koexistenz ohne Hass möglich war. Als Jotaka dann noch zwei menschliche Berater unter ihre Obhut nahm, schaffte sie es, alle bis auf die größten Skeptiker von sich zu überzeugen. Wie Rael es sagte: Ihre sauberen Hände waren die beste Voraussetzung. Tatsächlich gewann sie die erste Wahl in der Geschichte Ährenbergs drei Jahre nach dem Fall des Fürsten ziemlich eindeutig. Kurz danach erfuhr sie, dass einer ihrer Gegenspieler in der Wahl nicht nur die Provinz, sondern das ganze Land verließ. Er konnte einfach nicht „mit diesen Monstern" leben.

Schließlich trat Jotaka ins Freie. Sie schirmte ihre Augen mit der linken Hand ab und fixierte Erzhold, der noch immer fleißig an seinem Podest schraubte. In den vergangenen Jahren waren er und seine Frau immer pünktlich zum Jahrestag der Freiheit für ein Feuerwerk nach Ährenberg gereist und im Anschluss hatten sie zu dritt die Ruinen Turvas für ein paar Tage besucht. Jedes Mal legte Jotaka frische Blumen auf Silas' Grab in der Hoffnung, dass Rael dort vorbeikam und die Blumen an sich nahm. Jahr für Jahr erwarteten sie nur erneut verottete Blumen.

Doch dieses Jahr war Aphelia nicht mit ihrem Mann nach Ährenberg gekommen.

»Hey, Erz!«, rief Jotaka, sobald sie nah genug war.

Für einen Moment sah er sich verwirrt um, erkannte sie dann und unterbrach seine Arbeit.

»Bürgermeisterin Weißsträhne!«, flötete er melodisch und lächelte breit, während er seine langen Haare zurückwarf. Jotaka zog eine Grimasse.

»Ich heiße immer noch Jotaka, du glitzernder Idiot.«

»Das „Idiot" habe ich mal überhört. Aber glitzern tue ich wirklich! Schau mal!«

Erzhold drehte sich um die eigene Achse. Tücher, die an seinem Gewand festgenäht waren, hoben nun ab und erzeugten so einen Wirbel aus glänzendem Gold. Nachdem sie einen halbwegs ernst gemeinten, kurzen Applaus geklatscht hatte, fragte

Jotaka: »Wo steckt Aphelia? Sie hält zwar nichts vom Feuerwerk, aber ich hätte mich auch gefreut, sie zu sehen.«

Er legte eine Hand an seine Wange, legte den Kopf schief und zog verschwörerisch einen Mundwinkel hoch. Doch es geschah nichts weiter.

»Sag schon«, drängte sie ihn nur wenig amüsiert.

»Wir werden ein Kind bekommen!«, verkündete er und riss die Arme in die Höhe.

Freudig gratulierte Jotaka ihm und sie redeten noch einen Moment lang über die Zukunftsplanung des Paars.

»Du solltest dir auch einen Lebenspartner suchen. Oder eine Partnerin. Kinder sind natürlich optional«, meinte Erzhold irgendwann.

Ihr Blick wanderte zu Boden.

»Ich weiß nicht.«

Seufzend legte er eine Hand auf ihre Schulter.

»Ich kenne dich so langsam. Du wartest noch immer auf Rael, oder?«

Einen Moment lang verharrte sie regungslos, dann nickte sie jedoch langsam.

»Jotaka, die große Autoritätsperson Ährenbergs, zeigt Schwäche. Du kannst ihm nicht für immer nachtrauern. Niemand weiß, wo er inzwischen steckt. Er könnte in mitten der Wildnis leben oder das Land Jormund per Schiff verlassen haben und nun woanders in der Welt umherwandeln, wo ihn keiner kennt. Er könnte auch bereits tot sein.«

Ihr Blick wurde finster.

»Sag sowas nicht. Rael stirbt nicht einfach so.«

Achselzucken seinerseits.

»Ich sag nur, dass keiner weiß, was mit ihm ist. Auch ich vermisse ihn, aber ich verstehe, dass er in vielen Leuten – Menschen und Besessenen – bloß Angst auslöst und deshalb wegen seiner Natur nicht in diese Gesellschaft passt. Du solltest das auch verstehen und aufhören, zu warten. Er kommt nie wieder.«

»Ich höre auf zu warten. Irgendwann. Reisen wir trotzdem morgen nach Turva?«

Er grinste sie an und hob einen Daumen.

»Na klar. Vergiss die Blumen für Rael – Silas – nicht!«

»Werde ich schon nicht, Erz. Wir sehen uns dann wieder beim Feuerwerk!«

Jotaka verabschiedete sich und wandte sich gegen Westen. Während sie die breite, mit zahlreichen Bäumen gesäumte Straße entlangging, wurde sie von vielen Seiten begrüßt. Jeder in der Stadt kannte sie. Auch einige stadt- oder sogar provinzfremde Personen waren für das große Feuerwerk angereist, welches Erzhold gemeinsam mit einigen menschlichen Sprengstoffexperten jährlich abhielt.

Es dauerte nicht lange, da stand Jotaka vor der Westmauer. Man hatte sie innerhalb eines halben Jahres wiederaufgebaut, da die Ährenberger sehr stolz auf ihre hohen Mauern waren. Deutlich erkannte man die Übergänge von alter zu neuer Mauer anhand der unterschiedlichen Grautöne. Doch dies war nicht alles, was an der Mauer anders war. Dort, wo früher die Straße endete, war nun ein Tor in die Mauer eingelassen. Wenn man durch die hellen Holztüren ging, erreichte man schnell einen Trampelpfad, der durch den Wald führte. Viele Bewohner der Stadt nutzten den Pfad, um Spaziergänge im Wald zu unternehmen und auch Reisende kamen vereinzelt durch den Wald gereist.

Als Jotaka den Pfad wie jedes Jahr an derselben Stelle verließ und zur Lichtung lief, auf der die Besessenen vor ihrem Schlachtzug kampiert hatten, erreichte die Sonne ihren Zenit. Von all der Ausrüstung war längst nichts mehr zu sehen, aber noch einmal sah die Bürgermeisterin das Lager mit all den Besessenen vor ihrem geistigen Auge. Angestrengte, vertraute Gesichter, die noch nicht wussten, die die Schlacht verlaufen würde. In ihrem Tagtraum stand Rael vor ihr, winkte sie neben sich auf die abgenutzten Matratzen und blickte dann in die Baumwipfel.

Die Blätter raschelten, als Jotaka sich hinlegte, um in Wirklichkeit einsam in das Geäst zu schauen. Wind kam auf und spielte mit ihren Haaren. Die weiße Strähne flog ihr direkt vor die Augen. Der Elementar in ihrem Inneren spürte, dass dies kein Wind eines Sommermittags war – es war der Mitternachtswind.

Aufzeichnungen: Rael

Der vergessene Riese:

Nach Ende der Schlacht um Ährenberg wurde Rael nie wieder gesehen. In den Aufzeichnungen über Turva und die Besessenen gab es so wenig Informationen über ihn, dass seine Existenz nach einigen Jahren von der Bevölkerung angezweifelt wurde. Selbst Augenzeugenberichte wurden als Übertreibungen abgestempelt. Diese Kraft könne kein Mensch in sich tragen.

Während die Jahre verstrichen, wandelte sich Raels Figur zu einer Geschichte, die den Kindern erzählt wurde. Glaubt man diesen Sagen, so konnte der riesenhafte Mann mit der bloßen Hand einen Berg in zwei spalten und kein Schwert konnte ihn etwas anhaben. Man erzählte, dass er noch immer in den Wäldern umherzog, damit die Kinder nicht zu tief in sie hinein gingen.

Doch Geschichten, die nicht aufgeschrieben werden, verblassen immer und immer mehr, sodass Raels Name irgendwann nichts weiter als einer von vielen in alten Geschichtsbüchern war. Bloß diejenigen, die ihn persönlich gekannt hatten, vergaßen ihn ihr Leben lang nicht.

Aufzeichnungen: Jotaka

Die reine Friedensstifterin:

Jotakas Name war in den Geschichtsbüchern immer dann zu finden, wenn über die Friedensverhandlungen zwischen allen Provinzen berichtet wurde. Über etliche Jahre stand die rothaarige Frau mit der weißen Strähne an der Spitze der größten Stadt Jormunds und brachte dem ganzen Land einen wirtschaftlichen Aufschwung und Bündnisse, die nicht einfach gebrochen wurden. Besessene wurden ein fester Teil der Gesellschaft und brachten so noch effizientere Methoden mit. Jahr für Jahr wurde Jotaka erneut von ihrem Volk gewählt und genoss ein hohes Ansehen unter ihnen.

Als einzelne Strähnen ihrer roten Haare sich schließlich grau färbten, kündigte Jotaka ihren Rücktritt an. Ihr langjähriger Sekretär Vobor übernahm die Position. Sie verkaufte ihren ganzen Besitz und verließ dann im Alleingang und still eines Nachts die Stadt. Als sich dies herumsprach, wurde ihr zu Ehren eine Statue vor der Stadt errichtet, doch sie kam nie zurück, um das Werk zu betrachten. Manche behaupteten, sie hätte sich auf die Suche nach jemandem begeben.

Aufzeichnungen: Aphelia & Erzhold

Die heilende Stille & Der schillernde Star

Nach der Schlacht um Ährenberg zog das Ehepaar sich zurück und lebte in Teldraal ein bescheidenes Leben. Gemeinsam zogen sie drei Kinder groß, bevor Erzhold nicht mehr stillsitzen konnte. Von seinem Tatendrang beflügelt zogen sie zu zweit durch das Land und während Erzhold mit legendären Tänzen und Feuerwerkshows die Bevölkerung in seinen Bann zog, forschte Aphelia unaufhörlich an Heilmitteln und Gegengiften für die unterschiedlichsten Krankheiten, welche die Leute heimsuchten.

Ohne es zu ahnen, schufen beide einen bleibenden Eindruck auf die Nachwelt.

Erzhold inspirierte auch lange nach seiner Zeit aufstrebende Künstler, Schauspieler und Sänger zu neuen Werken mit schillernden Farben. Manche eigneten sich nur hierfür einen Elementar an.

Die Ergebnisse der Forschung, die Aphelia hauptsächlich aus Neugier betrieben hatte, sorgten zwar zunächst für Kopfzerbrechen, aber im Laufe vieler Jahre halfen sie beim Erreichen neuer Gesundheitsstandards im ganzen Land.

LEXIKON

Wissenswertes über Elementare

Elementare sind keine lebenden Wesen, sie sind Teile der Natur, die auf äußere Einflüsse reagieren. Sie erschienen zum ersten Mal, nachdem die Provinzkriege große Teile der Landschaft in Mitleidenschaft gezogen haben. Man kann sie nur sehen, wenn sie von einer Lichtquelle, die nicht die Sonne ist, angestrahlt werden.

Wird ein Elementar aufgedeckt und hält sich jemand lange genug in der Nähe auf, beginnt er zu leuchten und verliert seinen geisterhaften Zustand. Man kann ihn nun berühren. Umschließt man ihn nun mit der Hand, löst dieser eine Überreaktion der Nerven im Körper aus, was zu Schmerzen führt. Außerdem verschmilzt der Elementar mit dem Körper, solange dort noch kein anderer Elementar verschmolzen ist.

Eine Verschmelzung erhöht die Effizienz von fast allen Körperfunktionen zunehmend, je länger sich der Elementar im Körper befindet. Dies führt zu einer höheren Stärke und Geschwindigkeit bei geringerer Kalorienverbrennung und Erschöpfung. Jemand, der bereits einige Jahre mit einem Elementar lebt, muss nur wenig essen und kaum schlafen.

Außerdem verleiht die Verschmelzung dem Menschen eine besondere Fähigkeit, die er auf Abruf einsetzen kann. Die Fähigkeit hängt stark vom Elementar ab. Das verwendete Element entspricht dem des Elementars. Der Verwendungstyp wiederum ist unterschiedlich, aber am Aussehen zu erkennen:

Der **Quellen-Typ** kann das zugeordnete Element in Maßen erschaffen. Ein Mensch mit einer Feuer-Quelle kann beispielsweise Körperteile in Flammen hüllen.

Der **Verstärker-Typ** macht nichts sofort Erkennbares, verstärkt jedoch den Körper des Menschen noch weiter. Ein Mensch mit einem Wind-Verstärker kann beispielsweise seine Hiebe schneller werden lassen.

Der **Infusions-Typ** kann seine Fähigkeit nicht auf sich selbst anwenden, sondern muss sie durch Körperkontakt mit Lebewesen oder Objekt einsetzen. Ein Mensch mit einer Natur-Infusion kann beispielsweise Gifte injizieren oder neutralisieren.

Wissenswertes über Jormund

Geschichtlicher Hintergrund:

Die riesige Insel Jormund war einst ein Königreich, doch nachdem der König ohne einen Erben starb, entbrannte ein Krieg zwischen den Fürsten, welche Teile des Reiches verwalteten. Heute besteht die Insel aus neun Provinzen. Diese sind jeweils nach ihren Hauptstädten, in denen auch jeweils der Großteil der Bevölkerung lebt, benannt.

Wetter:

Obwohl die warmen Sommer lang und nicht mild sind, bricht jedes Jahr der todbringende Winter ohne Vorwarnung über die Bewohner hinein und fordert zahlreiche Opfer, da die im Sommer angesammelte Nahrung kaum ausreicht und auch das Brennholz knapp wird. Die Übergänge wie Frühling und Herbst sind oft nur wenige Tage lang.

Beschaffenheit:

Die Landschaft ist selten eben und oft von Hügeln, Steinwüsten oder großen Wäldern übersät. Nur wenige Pflanzen können auf diesem nährstoffarmen Boden angebaut werden.

Die Provinzen Jormunds

Ährenberg: Die größte Provinz Jormunds. Die Eisenminen der Umgebung sorgen für die vielen Schmieden der Stadt.

Finsterforst: Ein alter Ort in mitten eines Waldes. Die Leute hier leben von dem, was der Wald ihnen gibt.

Flussstein: Kleine Provinz in den Bergen. Anders als woanders leben die Bewohner nicht zum Großteil in einer Stadt.

Graszdom: Große, steinerne Stadt inmitten einer Steinwüste. Abgesehen von der Stadt ist die Provinz ausgestorben.

Grollstein: Diese Provinz ist halb Berg und halb Ebene. Die Bewohner leben zum Teil in umfunktionierten Höhlen.

Regensheim: Diese großflächige Provinz hat nährreichen Boden, sodass viele Lebensmittel produziert werden.

Teldraal: Provinz, welche nach der Hafenstadt Jormunds benannt ist. Handel und Fischfang sind die Spezialgebiete.

Treuburg: Provinz, die sich selbst als Zentrum der Nächstenliebe und Demokratie sieht. Fortgeschritten in der Medizin.

Zarweg: „Die Provinz, die jeder vergisst". Kleiner Ort am Rande Jormunds mit einem kleinen Hafen.

Über den Autor

Robin Band wurde 1998 geboren und begann 2008 mit dem Schreiben. Bereits zwei Jahre später begann er die Arbeit an seinem Debütroman "Das Vermächtnis der Dämonen", welcher den ersten Teil einer Trilogie darstellt. Der finnisch-deutsche Autor schreibt am liebsten im Wald, wo die Ruhe der Natur auf ihn wirkt.

"Jormund" ist das erste große Fantasy-Projekt nachdem die Trilogie fertig gestellt wurde.

Robin Band
im Internet

www.robin-band.de

Hier gibt es vertiefende Infos zu meinen aktuellen und zukünftigen Werken.

Instagram: @rband_

Twitter: @rband_

Anfragen zu Rezensionsexemplaren werden unter rband_@t-online.de beantwortet.

Ich freue mich über eine ehrliche Rezension!

Bereits erschienen

Der erste Teil der Dämonen-Trilogie

Robin Band
Das Vermächtnis der Dämonen
BoD – Books on Demand, Norderstedt
ISBN: 9783746011356
Preis: 9,99€ (D)
Erscheinungsjahr: 2017

Bereits erschienen

Der zweite, alleinstehende Teil

Robin Band
Der Untergang der Dämonen
BoD – Books on Demand, Norderstedt
ISBN: 9783752862379
Preis: 9,99€ (D)
Erscheinungsjahr: 2018

Bereits erschienen

Das Finale.

Robin Band
Das Chaos der Dämonen
BoD – Books on Demand, Norderstedt
ISBN: 9783751943765
Preis: 9,99€ (D)
Erscheinungsjahr: 2020

Bereits erschienen

15 verschieden düstere Geschichten.

Robin Band
Gebrochene Welt
BoD – Books on Demand, Norderstedt
ISBN: 9783749451937
Preis: 9,99€ (D)
Erscheinungsjahr: 2019